よろず屋稼業　早乙女十内(四)

葉月の危機

稲葉　稔

幻冬舎時代小説文庫

よろず屋稼業　早乙女十内（四）

葉月の危機

目次

【主要登場人物】

早乙女十内　旗本の父を持ちながら、自分の人生を切り拓くためにあえて市井に身を投じ、よろず屋稼業を営んでいる。

服部洋之助　北町奉行所定町廻り同心。十内を「早乙女ちゃん」と呼ぶ。

松五郎　小網町の岡っ引き。十内に対して威圧的な態度を取る。

三河屋吉次郎　横山町二丁目にある蠟燭問屋の主。

生駒緑堂　亀井町一丁目に住む医者。

由梨　十内の隣に住む町娘。軽業を見世物にする曲芸師。

お夕　十内の隣に住む町娘。絵師・狩野祐斎のひな型（モデル）をしている。

又兵衛　「赤蜘蛛の又兵衛」と呼ばれ、恐れられている盗賊の頭。

清水源七郎　又兵衛に雇われた用心棒。柳剛流の使い手。

仙次郎　又兵衛一味の世話役と仕置き役。残忍な性格。

長右衛門　又兵衛一味の番頭格。金銭出納の掛をしている。

彦六　又兵衛一味の密偵役。

伊太郎　又兵衛一味の連絡役。特徴のない顔立ちをしている。

第一章　三河屋

一

表から虫の声が聞こえている。

るー、るー、るー、と鳴いているのは邯鄲《かんたん》だ。

ころころころころころ……。

あれは蟋蟀《こおろぎ》か、それとも鈴虫かと、早乙女十内《さおとめじゅうない》はまさかこんなところで〝虫聞き〟をするとは思わなかったと苦笑した。

はだけた胸に女が頬《ほお》をつけていた。指先で十内の脇腹のあたりを、こそこそとかいている。ふっと、声に漏らして十内は笑った。

「これも風流かもしれねえ」

つぶやくと、女の顔があがった。

「なんですの?」

「風流だといったんだ。ほら、虫の声がするだろう」

女はあわい行灯《あんどん》のあかりに染められた障子窓に顔を向けて、耳をすました。虫聞きは、花見・月見・菊見・雪見と並ぶ、江戸の庶民が愛する〝五つの風流〟のひとつだった。

十内はその日の夕刻、深川《ふかがわ》に入り、櫓下《やぐらした》の岡場所で女を買っていた。

「虫の声だったらいつもしますよ」

女は風情のないことをいって、十内の首に腕を巻きつけてきた。はだけた十内の胸に、女の乳房があたる。形も大きさも張りも申し分のない、いい乳房だった。

女は重なったまま、もう一度求めるように十内の股間に手を這《は》わせ、うっとりした顔をよせてくる。行灯のあかりに、その目が潤《うる》んでいる。

「まだ帰らないで。あたし、お侍が気に入ったんだから……」

女は鼻にかかった声で甘える。とびきりの美人ではないが、可愛い女だった。十内は女の尻をゆっくりさすりながら、薄く開いている障子窓の外を見た。暗い空に痩せ細った月が浮かんでいた。三日月だ。新月は二、三日前だったので、あの三日月はこれから少しずつ太り、丸くなっていくのだと思った。

「この尻のように……」

十内はぎゅうと女の尻をつかんだ。

「なんですのぅ……」

女は甘え声を漏らしながら尻を左右に振った。十内はそれには答えずに、女を自分の上からやんわりとどけて、半身を起こした。

「あれ、どうしたのさ」

「帰る」

「ええッ。いやだよぅ。朝までいっしょにいておくれましよ」

「そうしたいところだが、おれも忙しい身でな。悪く思うな。また遊びに来るさ」

「いやだよぅ」

女は小袖《こそで》に腕をとおした十内に、裸のまま抱きついてくる。

「朝までの金を払っておく。店にはないしょだ。取っておきな」

とたんに女の相好が崩れた。いいお客だよ、お侍はと、ひょいと首をすくめる。

「お侍、名を教えてくれませんか。またうちに来たらあたしを名指ししてくださいましよ。……それともあたしが気に入らなかったの」

「そんなことはねえさ。おめえはいい女だった。たっぷり楽しませてもらった。ありがとうよ」

十内は剽軽《ひょうきん》な素振りで、女の片頬にちゅっと唇をあてて微笑《ほほえ》んだ。

「嬉《うれ》しい」

女は着衣を整える十内の手伝いをした。女は裸のままだ。部屋を出るときには浴衣《ゆかた》を着たが、十内に未練がましい目を送りつづけた。

表の夜気は涼しくなっていた。この時季になれば、寝苦しい夜も少ない。さて、歩いて帰ろうか、舟にしようかと、十内は考えた。

さっき永代寺《えいたいじ》の時の鐘を聞いたので、時刻はおそらく四つ半（午後十一時）ごろだろう。

深川の目抜き通りに出た。通りは閑散としている。星あかりにその道が白く浮かんでいた。遠くに提灯《ちょうちん》のあかりが見えたが、すぐに脇道に消えてしまった。

十内は八幡橋《はちまんばし》まで歩いて、足を止めた。舟提灯のあかりをつけた猪牙舟《ちょきぶね》が、そばの河岸《かし》につけられたのだ。酔った客がその舟から降り、ご機嫌な様子で黒江町《くろえちょう》の町屋に消えていった。ずいぶん遅くまで飲んでいたようだ。それとも吉原《よしわら》帰りか……と、勝手なことを思った。そのまま行きすぎようとしたが、十内は慌てたように猪牙舟の船頭に声をかけた。

「もう一仕事頼まれてくれねえか」

「へえ、どこまでで……」

船頭は手ぬぐいで首筋の汗をぬぐいながらいう。

「橋本町《はしもとちょう》だ。浜町堀《はまちょうぼり》を上ってくれりゃいい」

船頭は逡巡《しゅんじゅん》したが、舟を岸によせてどうぞといった。

十内は心地よい疲れを舟の揺れにまかせた。川風は涼しく肌に心地よい。舟はぎっしぎっしと小さな軋《きし》みをあげた。

十内が黙り込んでいるので、船頭は無闇に話しかけてこなかった。舟提灯の火あかりが川面に漂いながら舟縁《ふなべり》から離れない。

舟は大川（隅田川）を横切り、浜町堀にはいって、そのまま北上した。

両岸には蔵地があったり、川沿いの柳や木の枝が張りだしている。その根方にある雑草地で虫たちがすだいていた。

夜はすっかり更けており、静かである。わずかに見られる星のあかりと、頼りない月あかりが、市中を包んでいる。どこかで犬の吠え声がしていた。

「船頭、その辺につけてくれ」

汐見橋《しおみばし》の近くだった。

「橋本町でしたらもうちっと先でしょう」

「少し歩きたいのだ」

十内はそうしたい気分に駆られていた。歩きながら夜風にあたりたかった。舟賃を払って、陸に上がるとのんびりと自宅に足を向けた。

女を買ったという決まりの悪さがあった。だからといってそれを恥じたり後悔したりはしないが、なんとなく虚しさをぬぐえない。もっとも、それはいつものことなのではあるが。

ふと足を止めたのは、緑橋を横目に本町通りを横切ったときだった。一団の黒い集団が目の端で動いたような気がしたのだ。

十内はふっと提灯の火を消すと、少し戻って通塩町《とおりしおちょう》の角から、本町通りの東に目を凝らした。通りには人影はなかった。

（気のせいだったか……）

胸の内でつぶやき、きびすを返そうとしたとき、今度はたしかに動く人の影を見た。物陰から人目を忍ぶようにあらわれた影は、ひとつではなかった。右の路地からふたつ、先の路地から三つという具合だった。

黒い影のひとつが、顎《あご》をしゃくったのがわかった。それにあわせたように黒い影は、十内のいるほうとは逆、つまり両国広小路《りょうごくひろこうじ》のほうに足音を消すような足取りで遠ざかっていった。

「なんだ……」

眉宇《びう》をひそめた十内は、先のほうにちらちらと動いて見える影に気づかれないように、物陰を利用して足を進めた。妙な胸騒ぎがしていた。それというのも、十日ほど前に神明町《しんめいちょう》で大きな盗人《ぬすっと》騒ぎがあったからだった。

襲われたのは播磨《はりま》赤穂《あこう》藩上屋敷だった。十内はその話を、北町奉行所定町廻《じょうまちまわ》り同心の服部洋之《はっとりようの》助《すけ》から聞いていた。

「いやあ早乙女ちゃん、盗人もやってくれるもんだぜ。恐れ多くも赤穂義士で有名な赤穂藩の上屋敷が狙《ねら》われるとはな。御番所も血眼《ちまなこ》になってるんだが、賊の手掛かりがさっぱりなんだ。火盗改《かとうあらた》めも動きだしてはいるが、さてさてどうなるものか……」

まいったまいったといって、洋之助は十手《じって》で自分の肩をたたきながら、

「なにか気づくようなことがあったら、知らせてくれねえか」

と、十内に頼んだ。

さらに洋之助は、片頬に笑みを浮かべながら釘を刺した。

「知らせるときは真っ先におれに知らせるんだぜ、他のやつらには教えることはねえ。まあ、おれと早乙女ちゃんの仲だ。わかっているとは思うが、頼んだぜ」

気安く十内の肩をぽんぽんとたたいて高笑いをした。

そのことを十内は聞き流していたのだが、目の前に動く不審な黒い影を見て思いだしたのだった。

（まさか……）

と、胸の内で何度もつぶやいた。賊は大名屋敷を襲ったばかりである。それから日もたっていないのに、また盗みをはたらくとは思えなかった。もし、そうであれ

ば同じ賊ではないはずだ。

　黒い影の数はいつの間にか増えていた。十内はごくりと生つばを呑《の》んで、木綿問屋の軒下にある天水桶《てんすいおけ》の陰に身をよせた。黒い影は横山町《よこやまちょう》二丁目の商家の前に集まっていた。

　十内は目を凝らす。なんという商家なのかわからないが、表の戸が開くと、黒い影はつぎつぎと店のなかに吸い込まれるように消えていった。

　十内は様子を見るために近づこうとしたが、二人の男が戸口前に立っていたので、その場で見張ることにした。

二

　三河屋吉次郎《みかわやきちじろう》は妙な物音に目を覚まして、薄闇のなかに目を凝らした。隣では若女房のお春がすやすやと寝息を立てていた。寝る前にたっぷり可愛がったので、熟睡しているようだ。部屋の隅にうすぼんやりとした有明行灯《ありあけあんどん》をつけている。そのあかりがお春の頬をうっすらと染めていた。

お春は三年前に死んだ女房の後添《のちぞ》いだった。もとは本所尾上町《ほんじょおのえちょう》にある水茶屋の女だったが、機転も利くし、さばけたところがあるので、吉次郎はこれはいい拾いものをしたと満足していた。

それはともかく、何やら近くの座敷や帳場のほうに動く人の気配がある。住み込みの奉公人が、厠《かわや》か水でも飲みに行っているのだろうと思ったが、どうも様子がちがう。

吉次郎は夜具のなかで耳をすました。足音がする。それが徐々に大きくなってくる。足音はひとつやふたつではない。ゆっくり開けられる障子の音や、畳を踏む音が耳に入ってきた。

（泥棒……）

吉次郎はそう思ったが、戸締まりはちゃんとしてあるはずだった。

と、寝間のすぐそばに人の気配があった。ゆっくりと襖《ふすま》が開かれてゆく。吉次郎はとっさに声をかけようと思ったが、いいようのない恐怖を感じ、肌掛けを目深にかぶり、開かれる襖を、薄目のまま凝視した。

襖が大きく開いたとき、ドキンと心の臓が大きく脈打った。侵入者は黒い頭巾を被《かぶ》っており、闇のなかでも鈍い光を放つ刀を手にしていた。

吉次郎は逃げなければならないと思ったが、予想もしない出来事に恐怖し、金縛りにあったように体を動かすことができなかった。

「こいつだな」

ささやくような声が頭上でした。

吉次郎は夜具のなかで体を凍りつかせていた。黒い影はいつしか三つになっていた。

「うっ……うう……」

突然、隣でお春のうめきが聞こえた。吉次郎にはそれがなんのうめきか想像できたので、頭を動かして見ることができなかった。逆にかたく目を閉じたほどだ。

「おい……」

声と同時に胸ぐらをつかまれ、口が塞《ふさ》がれた。首筋に冷たい感触があった。吉次郎はふるえあがった。

「な、な……」

ふるえ声はそれしか出なかった。ギョッとしたように目をみはり、相手の顔を見たが、弱い行灯のあかりでは目しか見えなかった。

「金蔵はどこだ？　案内しろ。素直に聞いてくれりゃ命だけは助けてやる」

地の底から這い上ってくるようなしゃがれた声だった。

「ご、ご勘弁を……」

命ほしさに、早くもそんなことを口走っていた。

「どこだ、黙って案内するんだ」

吉次郎は胸ぐらをつかまれて引き起こされた。早くしろと急《せ》き立てられる。いわれることを聞かないと、首にあてられた刀が横に引かれそうで怖くてたまらなかった。

がくがくする膝《ひざ》で立ちあがったとき、隣に寝ていたお春の顔が見えた。ぽっかり口を開け、驚いたように目を見ひらいていた。焦点の定まらないその目には、もう生気はなかった。

(殺される。そんなことはいやだ。まだ死にたくはない)

吉次郎は恐怖で他のことなど考えられなかった。ただひたすら殺されたくないという思いだけがあった。許しを請うて助けてもらいたいが、それはできない相談だろうと思いもする。それに賊の命令に逆らうこともできない。

隣の座敷を通ったとき、土間に他の男たちの姿があった。奉公人ではない。賊の仲間なのだ。吉次郎は自分の店が襲われているのだと初めて自覚した。

帳場に行き、ふるえる手で金蔵の鍵をつかんだ。金蔵には千四百～千五百両は入っている。ほんとうはこういうことを想定して、床下にも金の入った千両箱を埋めてあった。だが、そっちのことは黙っていた。

男たちは無言の圧力をかけてくる。早くしろ、のろのろするんじゃねえと、肩を突《つつ》く。首には相変わらず、身をすくませる刀がつけられていて声も出せなかった。声を出せばばっさりいくと、耳許《みみもと》で脅されてもいる。

吉次郎は金蔵に歩いて行きながら、どうやったら殺されないですむだろうかと必死に考えた。その場に両手をついて命乞いをしたかったが、首に刀がつけられていてはそれもできなかった。

金蔵は仏壇横の壁を押すと、開くようになっていた。

「うまいこと考えていやがる」

と、賊のひとりが感心したようにいった。

「ど、どうか、命だけは……」

そこまでいったとき、どんと突き倒された。吉次郎は畳に這いつくばった。すぐに他の男が首根っこをつかみ、襟《えり》を締めつけてきた。息ができなくて苦しくなった。

その間に、金蔵の錠前が開けられ、男たちが金を運びにかかった。吉次郎は首を締めつけられたまま見ているしかなかった。

男たちは手際がよかった。金はあっという間に運び出された。

「おい、他に隠してる金があるんじゃねえか。そういうことだったらためにならねえぜ。正直に教えるんだ」

別の男が顔を近づけてきてにらんだ。

吉次郎は「ありません」といって、ぶるぶると首を横に振った。

「ほんとうだろうな」

吉次郎はうんうんとうなずく。そのとき自分の首が楽になった。後ろにいた男が手の力をゆるめたのだ。吉次郎はこれを逃したらおしまいだと思った。そう思った瞬間に、懸命に横に飛び、障子を倒して逃げようとした。大きな物音がして、怒鳴り声がしたような気がしたが、無我夢中なのでわからなかった。

雨戸に体当たりする寸前、肩から背中にかけて衝撃が走った。

(斬られた)

そう思ったときには、庭の冷たい地面に片頰をつけていた。

「斬ったか」

「しかたねえだろう」

男たちが低声《こごえ》で言葉を交わした。吉次郎は死んだふりをして、目をつぶった。

「止《とど》めを刺すか」

「それにゃあ及ばねえ。たしかな手応えがあった。それより早くずらかるんだ」

吉次郎はそんな声を聞いて助かったと、息を吐いたが、その瞬間、気が遠くなって深い闇に落ちていった。

三

商家にはいった不審な影がつぎつぎと表に出てきた。

天水桶の陰で見張っていた十内は、その動きをじっと見ていた。不審な黒い影はそれぞれにあたりを見まわすと、右の道に駆けるように去っていった。

不審な影の数は十人前後だ。腰に刀を差しているものもいたし、肩に小箱を担《かつ》いでいるものもいた。箱は金箱にちがいない。

(やつらは盗人だ)

十内は唇を引き結んで、しばらく賊の押し入った商家に注意した。残党がいるかもしれないと危惧《きぐ》したのだが、その場に長く留《とど》まってはいないはずだ。十内は天水桶の陰から出ると、賊の消えた道へ急いだ。

角まで来ると、板壁に体をつけて顔を出して様子を見た。黒い影は遠くの闇に溶け込もうとしていた。賊が向かっているのは薬研堀《やげんぼり》である。

十内は何度か背後に注意の目を向けたが、賊の残りがいる様子はなかった。逃げる賊を追うために、気づかれないように暗がりを進んだ。

やはりそうであった。賊は薬研堀にあった舟に分乗すると、先を急ぐように難波《なにわ》橋《ばし》をくぐり、大川に漕《こ》ぎだした。

舟の数は四艘である。このとき十内は賊の数を把握した。

全部で十二人。もっともこれは実働部隊で、他にも仲間がいると考えられる。しかし、さっきの商家を襲ったのは十二人と考えてよかった。その商家がどうなっているのか気になる十内だが、まずは賊がどこへ逃げるのかそれを突きとめるのが先だと考えた。

夜廻りでも誰でもいいから、やってこないかと思うが、そんなときにかぎって人っ子ひとり、それこそ野良猫一匹すら見えない。

十内は賊を追うために、薬研堀に係留してあった一艘の猪牙舟に飛び乗ると、舫《もやい》をほどいて岸を棹《さお》で押した。舟はすうっと、ミズスマシのように堀中に進む。逃げる賊の舟は大川の中程に差しかかっていた。人目につかないように舟提灯はつけていない。それでも、十内は舟影を見ることができたし、それに乗った賊の影も確認できた。

操船になれていない十内だが、なんとか棹と櫓《ろ》を交互に使い分けながら、大川に漕ぎだした。

賊の舟は大川を横切ると竪川《たてかわ》に入った。そのまま東のほうに向かっている。

「くそ、なんでおれがこんなことしなけりゃならねえんだ」

十内はつい愚痴を漏らしたが、賊を追うという本能がはたらいていた。それに、少しばかり気持ちが高ぶっていた。

(おれは悪いやつらを成敗する)

ちょっとした正義感だった。もっとも、人の悪行を知って知らぬふりはできないし、じっとしてはいられない。それは性分ではなく、人間としての当然のことだった。

竪川に入った。賊の舟は三、四町先を行っている。距離があるので、気づかれる心配はなかった。

川筋の町屋にはあかりがなかった。夜商いの店はどこも暖簾《のれん》を下ろしているし、軒行灯も消されていた。河岸道の奥に夜廻りの拍子木《ひょうしぎ》の音があった。

(なんでこんなときに河岸道を歩いてねえんだ)

賊を追う十内は胸中で毒づき、棹を川底に突き立てる。竪川は油を流したように穏やかだった。その川面に、星や痩せた月が映り込んでいた。川岸では虫たちがすだいている。

女郎屋にいるとき、虫の声を聞いて風流だと思ったが、いまはそんなことを感じている暇もない。

賊の舟は三ツ目之橋を過ぎ、横川を横切り、新辻橋《しんつじばし》をくぐった。

「どこまで行くつもりだ」

十内は前方の小さな舟影を凝視しながら、首筋の汗をぬぐった。それでも汗はとめどなく噴き出てくる。額に浮いた汗は頰をつたい、顎からしたたり落ちているし、背中は汗でべったり張りついていた。大小を抜いて足許に置き、刀の下げ緒で襷《たすき》をかけ、派手な紫地の小紋の着流しを尻端折《しりはしょ》りした。

秋にはいったといっても、残暑が長引いているので、普段のように羽織は着ていなかった。足袋《たび》もはかずに素足を雪駄《せった》に通しているだけだ。

賊の舟は四ツ目之橋を過ぎた。十内は賊を追っているうちに、なんとなく棹使いのコツをつかんできた。舟を操るのが少しは上手になったと、自己満足する。

賊は舟を右岸によせた。十内は用心のために近くの岸に舟をよせて、相手の動きを見守った。賊たちは舟を降りると、一安心したのか提灯に火を入れ、余裕の体《てい》で河岸道の奥に歩き去った。そちらは亀戸《かめいど》村か、中之郷《なかのごう》出村の百姓地である。

再び十内は舟を進めて、適当なところで舫をつないだ。そのまま賊を追おうとしたが、待てよと思い、賊たちの舟に行き、櫓と棹を遠くに放り投げた。万が一追われることを考えてのことだ。

賊の舟の櫓と棹を処分すると、百姓地に足早に進んだ。賊は提灯を持っているので、すぐに見つけられるはずだった。

河岸道から半町も行かずに稲田が広がる。虫の声に蛙《かわず》の声。あわい闇のなかで稲穂がさわさわと音を立てて揺れていた。野路はまっすぐのびており、遠くにこんもりした杜《もり》の黒い影があった。

(羅漢寺《らかんじ》のそばか……)

十内は以前、この近くに釣りにきたことがあったので、なんとなくわかった。賊の提灯が左に折れた。羅漢寺の手前だ。その先に一軒の家が見えた。

江戸府内ではあるが、人里離れた寂しい場所だ。

十内は足許に気をつけながら賊の隠れ家に接近した。暗かった家からあかりがこぼれた。賊たちが燭台《しょくだい》や行灯をつけたのだ。同時に嬉しそうな笑い声や、威勢のいい声が聞こえてきた。

まんまと金を盗んで有頂天になっているのだ。

「お頭《かしら》、まずは酒だ」

「おう、好きなだけ飲みやがれ」

そんな声が聞こえてきた。金箱は家のなかに入れられている。

十内は家に近づき、雨戸の隙間《すきま》や空いている節穴に目をつけて屋内の様子を探ろうとしたが、障子があってうまくいかない。裏のほうにまわり込もうとしたとき、足にぬるりとした感触があった。

(なんだ……)

見た瞬間、ギョッとなった。

蛇だった。蛇は大の苦手だ。思わず悲鳴をあげそうになったが、かろうじて堪《こら》え、後ろに飛びすさった。直後、積んであった薪束《まきたば》を崩してしまった。

ガラガラと薪束が崩れた。それはひどく大きな音に聞こえた。心の臓が縮みあがり、息を止めた。

「なんだ、いまの音は?」

屋内からそんな声が聞こえてきた。

「誰か見てこい」

これはまずいと思った十内は、とっさに隠れる場所を探したが、もうそのときは戸口から二、三人の男が飛びだしてきて、提灯をかざした。

「や、誰かいる！」

ひとりが驚きの声をあげた。同時に男たちが、腰の刀を抜いて駆けてきた。

四

ここは、三十六計逃げるにしかず――。

十内は表道に駆けだした。背後から男たちが迫ってくる。振り返ると数が五人ほどになっていた。

（くそッ）

見つかってしまった自分をなじった。

だが、いまは多勢に無勢である。待ちやがれという声と足音が、背後に迫ってきた。驚くほど足の速い男が、もうそこまで来ていたのだ。

十内は腰の刀を抜いて立ち止まった。

「このこそ泥がッ！」

男はいきなり斬りかかってきた。

ちーん。

一撃を下からはねあげて、ざっと右足を後ろに引いて青眼《せいがん》の構えになった。

「こそ泥とはおもしれえことぬかしやがる。そっくりその科白《せりふ》返してやるぜ」

十内は肩で息をしながら相手を凝視した。すでに他の男たちも追いついて、十内を取り囲むように動いている。

「この野郎、生かしちゃおけねえ。やるんだ」

目の前の男が吐き捨てると、右にまわった男が突きを入れてきた。十内は半身をそらしてかわし、たたらを踏んだ男の尻を思い切り蹴飛ばした。相手は稲田のなかに頭から突っ込んで、おけらのように手足をばたつかせていた。

休む暇もなく背後にまわり込んだ男が、唐竹《からたけ》割りの一撃を見舞ってきた。十内は左足を軸にして反転すると、そのまま胴を抜いた。

「ぐわっ……」

脇腹を斬られた男は二、三歩よろけて、どさりと大地に伏した。十内はすぐに体勢を整えて、正面にいる男と対峙《たいじ》した。暗闇なので、相手の顔ははっきりとは見えない。白い歯と、鋭い双眸《そうぼう》がぬめったような光を放っていた。

右にひとりがまわり込んでいる。もうひとりが背後から接近している。十内は五感を研ぎすまし、周囲を油断なく警戒する。

「この野郎、ちったァ腕があるようだ。気をつけろ」

正面の男が仲間に忠告した。

その間に十内は呼吸を整えた。大きく息を吐きだし、息を吸う。汗が首筋をだらだらと流れている。背中にも滝のような汗。こうなると夜風も煩《わずら》わしいほどである。

「きさまらの頭の名はなんという？」

十内は後ろに下がりながら聞いた。

「なんだとォ……。いったいてめえはなにもんだ？」

男たちは全身に殺気をみなぎらせていた。

背後にいた男が地を蹴ったのがわかった。十内は右に飛んでかわし、すかさず正面の男に袈裟《けさ》懸《が》けの一刀を見舞った。ところがあっさりかわされ、刀をすり落とされた。

はっとなって刀を拾いあげ、振り返ったときには唐竹割りの一撃が襲いかかっていた。十内は片手を刀の棟《むね》にあてて、刀身でその殺人剣を防いだ。

ガチッと耳朶《じだ》をたたく音がして、小さな火花が散った。

十内はとっさに背後に下がったが、間髪を容れず右から攻撃を受けた。危うく脇腹を撫《な》で斬りにされるところだったが、かろうじてかわし、逆に相手の肩に一撃を与えた。たしかな手応えがあった。

「ぎゃあー!」

肩を斬られた男は悲鳴をあげて、くるっと反転した。肩口から鮮血が迸《ほとばし》り、黒い弧を描いていた。男はよろけると、そのまま膝からくずおれて倒れた。

十内はさらに後退した。二間《けん》三間と下がり、男たちが無闇に撃ちかかってこないことを知った。十内の腕を知ったのだ。

残っている男は三人である。その三人が横一線に並んで、じりじりと間合いを詰めてくる。尋常でない殺気である。

こいつらは人を殺すのに慣れていると、十内は感じた。人の命など虫けら同然なのだ。もし、周囲があかるくて、足許がしっかり見えれば勝機を見いだせるだろうが、地面の凹凸を見ることのできないいまは分が悪かった。窪みにつまずいたために命を落とすこともある。

（逃げよう）

十内は下がりながら決心した。一歩、二歩、三歩目で、くるっと背を向けて脱兎のごとく駆けだした。

「追え、逃がすな」

背後で声がして、再び追われる恰好になった。

捕まるわけにはいかない。十内は必死に手足を動かした。心の臓が口から飛びだしそうなほど、呼吸が乱れていた。それでも足を止めるわけにはいかない。

逃げるときは心が臆病になっている。いまにも背後から手がのびてきて、引き倒されそうな恐怖がつきまとった。立ち止まってもう一度戦ったほうが楽だと思うが、相手は三人であるし、もうかなり疲れていた。

戦って勝機を見いだすこともできるだろうが、必ずしも勝てるという保証はない。

十内はやはり逃げようと思った。

河岸道に出た。町屋とちがいこのあたりにはまったく人影がない。もっとも町屋でも人の姿を見ない刻限である。後ろを振り返った。半町ほどの差がついていた。

賊は長い距離を走るのに慣れていないのだ。それは十内も同じであるが、生きのびたいという一心が足を速くしていた。

乗ってきた舟に飛び乗ると、急いで棹を使って岸を押した。舟はすうっと川中に進んでいった。そのまま必死に川底に棹を突き立てる。

川幅は二十間ほどある。深さも一丈四尺だ。追いかけてきた三人の賊は川岸で地団駄を踏み、罵声をあげたが、ひとりが自分たちの舟に走っていった。

「こっちだ。舟で追うんだ」

三人は自分たちの舟に駆け戻って飛び乗ったが、そこで立ち往生していた。棹と櫓は十内が捨てているので、舟を出すことができないのだ。

「ざまあ見ろ」

十内は遠くなる賊の三人を見て、ゆっくり棹を使った。

五

北町奉行所の定町廻り同心・服部洋之助が、事件の知らせを受けたのは、昨夜食った刺身があたったらしく、それで四回目の厠に行って手水《ちょうず》を使っているときだった。

知らせに走ってきたのは通いの小者《こもの》の弁蔵《べんぞう》だった。がに股走りで庭に駆け込んできた弁蔵は、横山町二丁目にある蠟燭《ろうそく》問屋・三河屋に賊が入ったという。詳細はわからないが、偶然通りがかって事件を知り、近くの自身番に店の者が駆け込むのを、

「おいおい、待て。おれが町方の旦那に知らせる。おれは北御番所の服部様に仕えているものだ。まかせろ」

と、いったらしい。

洋之助はよくやったと弁蔵を褒め、他の町方にはまだ知らせていないのだなと念を押した。弁蔵はこの件を知っているのは、三河屋の近所の連中と自分だけで、町奉行所の人間はまだ誰も知らないはずだといった。

「おめえにしては上々出来だ」

と、洋之助は褒めたたえたあとで、松五郎《まつごろう》を呼びにやらせ、そのあとで町奉行所に人を走らせるように指図した。

つまり洋之助が三河屋に入って事件の詳細を聞き取っているころに、町奉行所は

事件を知ることになる。そして、その事件現場に真っ先に到着して、調べを開始しているのは自分であると、洋之助は算盤《そろばん》をはじいたのだった。

(手柄はおれが取る)

と、洋之助は心を奮い立たせていた。

しかしながらしぶり腹がどうもいけない。下痢止めの薬は飲んだが、心許なかった。日はすっかり昇っており、町屋の通りに軒を並べる商家は暖簾をあげ、丁稚《でっち》らが店の前に水打ちをしていた。

洋之助は単独で三河屋に入った。五、六人の奉公人らが、黒紋付きの羽織に着流し、そして小銀杏《こいちょう》を結った洋之助を見て、駆けよってきた。身なりですぐに町奉行所同心とわかるからである。

「待て待て、話はゆっくり聞く。おれは北御番所の服部洋之助だ。それで、どうなっておるのだ」

洋之助は尊大なものいいをして店のなかを眺めた。帳場横に遺体が並べてあった。その数、三。

「わたしが店にやってきましたら、そこの座敷に住み込みの奉公人が倒れておりまして、その奥では旦那が苦しそうなうめきを漏らしていたんでございます」

そういうのは、冬吉《ふゆきち》という通いの手代だった。おろおろしながらまわりの奉公人たちと顔を見合わせる。近くには通いの女中が三人いて、みんな青い顔をしていた。

「おまえが最初に知ったというわけであるな」

「さようでございます。もうわたしは何があったのだろうかと、びっくりするやら驚くやらで店のなかを見てまわりますと……」

冬吉という手代は目に涙をため、可哀想にとつぶやくと同時に、肩を上下に揺らしてしくしくと泣きはじめた。

「見せてもらうぞ」

洋之助は雪駄を脱いで帳場横の座敷にあがった。冬吉が涙を拭きながらついてくる。

あがった座敷に三人の遺体があった。冬吉が住み込みの奉公人だという。洋之助は死因を調べた。ひとりは腹を刺され、ひとりは首を斬られ、もうひとりは背中を刺されていた。ひどい殺しだと、さすがの洋之助も顔をしかめた。

「この三人は奉公人部屋で殺されていました」

「他には」

「へえ、こちらです」

冬吉はその奥の座敷に案内した。襖を開けると、そこに死体が四つ並べてあった。これが主人・吉次郎の妻でお春だと教えた。後添いだとも付け加え、他の三人は主《あるじ》夫婦の子供だった。ひとりは二歳の幼女で、他の二人は死んだ前妻の子供（次男と長女）だった。

殺し方はさっきの奉公人らとあまり変わらない。喉を斬られるか、背や胸、あるいは腹を刺されていた。

「ひでえことをしやがる」

洋之助のなかにある正義感が、賊に対する憎悪をかき立てた。

「主はどうした？」

「はい、旦那様は背中を斬られていましたが、生きておいででした。斬られて庭に倒れていらっしゃったんですが、自力で座敷に戻ってきて気を失い、そこへわたしがやってきて気づいたという按配《あんばい》です。いま、お医者に診てもらっています」

「どこで？」

「そちらの寝間です」

冬吉に案内されて奥の寝間に行くと、主の吉次郎が医者の手当てを受けている最中だった。吉次郎は傷が痛むのか、顔をしかめて晒《さらし》を巻かれていた。

洋之助は医者の顔を見て、「おや」と声を漏らした。医者も振り返った。

「これは服部さんでしたか」

医者は亀井町《かめいちょう》一丁目に住む生駒緑堂《いこまりょくどう》だった。住まいが店から近いので、往診を依頼されたのだろう。

「傷はひどいが、急所を外《はず》れていたので出血もさほどではなかった。不幸中の幸いだろう。傷口が塞がれば、もとの体に戻るはずだ。三河屋さん、数日は横になっていなさい」

緑堂はそういって、吉次郎を横にならせた。傷は肩口から背中にかけて四寸ほどだという。傷が痛むので、吉次郎は背中をつけないように横向きに臥《ふ》した。

「三河屋、北御番所の服部だ。賊は何人で入ってきた？」

「暗かったので顔は見ておりません。それに盗人はみな頭巾を被っておりました。

わたしと女房はここに寝ていたんですが、入ってきたのは三人だったと思います。その他にも何人かいましたが、人数ははっきりわかりません。なにせ、わたしの横で女房は殺されたんです。怖くて怖くて、生きた心地がしなくて……それにしてもお春が……」

吉次郎は涙をこぼした。

「子供も殺されて……旦那さん、盗人を捕まえてくださいまし。きっと捕まえてくださいまし、あれは鬼です。いいえ、鬼以上にひどい外道でございますよ」

「ああきっと捕まえてやるさ。それで盗まれたものは？」

肝腎《かんじん》なことだった。

「金蔵から金を盗んでゆきました？」

「いくらだ？」

「そっくりなければ、千四百両ほどです」

「千、四百両……」

洋之助は声を裏返して驚いた。一度、そんな大金を拝んでみたいと思う。

「旦那さん、やはり金蔵には一文も残っておりませんでした」

部屋にやってきた男が告げた。周兵衛《しゅうべえ》という番頭だった。気の弱そうな顔つきだが、聡明そうな広い額《ひたい》を持っている。

「そっくり盗まれたということか……」

周兵衛の報告を受けた吉次郎は、悔しそうに唇を噛《か》んだ。

「とにかく覚えているだけでいいから昨夜のことを話すんだ」

洋之助は問うたが、吉次郎が覚えていることはほとんどなかった。

盗人に金を盗まれたこともあるだろうが、若い恋女房と三人の子供を殺されたという衝撃が大きいようだった。

その後、店のなかを見てまわり、金蔵をあらためた。案内をするのは番頭の周兵衛と手代の冬吉だった。血痕の走っている障子もあったが、数は少なかった。ほとんどのものは、寝込みを襲われているので、夜具と畳が血を吸い、その跡が生々しかった。

洋之助は奉公人らを土間に集めて、ひとりひとりから話を聞くことにした。その間に、弁蔵と松五郎が駆けつけてきた。

松五郎は小網町《こあみちょう》の岡っ引きだが、洋之助に金魚の糞《ふん》のようについてまわっているので、小者の役目もしていた。

　奉公人らの話を大方聞き終えたときに、同じ町奉行所の同心二人がやってきた。当面の調べの助《すけ》をするといったが、洋之助はあてにしていなかったし、手を組むつもりもなかった。手柄は独り占めするにかぎる。それが洋之助である。

「大方のことは調べたが、賊を追う手掛かりを見つけなければならぬ。その助をしてくれるか」

　洋之助は同輩同心にそういいおくと、さっそく付近の聞き込みをするために三河屋を出た。

六

「賊は少なくとも六、七人はいただろう。殺しの手際がよすぎるからな。それにどうやって店に押し入ったかだ」

　洋之助は付近の聞き込みをつづけながら、そばについている松五郎と弁蔵に話す。

「店のものの話ですと、戸締まりはしっかりしていたということでしたが……」

弁蔵はがに股で歩きながら、首筋の汗をぬぐう。秋にはいったというのに残暑が厳しかった。いっときほどではないが、蟬《せみ》の声もしている。

「雨戸を外《はず》したような形跡はなかった」

洋之助は三河屋の店内を見まわる際、しっかりそのことを調べていた。この辺はやはり町方の同心である。

「引き込み役がいたんじゃ……」

松五郎がいう。洋之助もそれを考えていた。引き込み役は賊の仲間を、いざというときに店のなかに入るように手引きするもののことをいう。錠前を外しておいたり、心張り棒や猿《さる》を外しておくのだ。だが、店のなかにいたものにその疑いはないし、殺されている。すると、他の奉公人ではないかと考えられるのだが、見当はつけられなかった。

(いずれにしろ、奉公人は徹底して調べる)

洋之助は誓うように胸の内でつぶやく。

「怨恨《えんこん》というのは……」

弁蔵だった。

「恨みが高じて、盗みをして主一家を殺すってことは考えなきゃならねえが、端《はな》から盗みめあてだったとおれは考える。まあ、それはぼちぼち調べるうちにわかるはずだ」

三河屋のある横山町二丁目界隈に聞き込みをかけたが、賊を見たというものはひとりもいなかった。

少し範囲を広げるために、洋之助は手分けして聞き込みをつづけることにした。待ち合わせは横山町にある自身番である。

その自身番詰めのものたちも、不審者を見ていなかった。木戸番小屋の番太郎然《しか》りである。

洋之助は聞き込みをつづけているうちに、また腹がしぶりだしてきた。これはまずいと思い、橘町《たちばなちょう》三丁目にある日向屋《ひゅうがや》という小間物問屋を訪ねた。帳場に座っていた主の文左衛門《ぶんざえもん》が、洋之助の顔を見たとたん表情をかたくした。

「これは服部の旦那……」

「今日は見まわりだ。横山町の三河屋という蠟燭問屋は知っているな？」

「へえ、そりゃもう」

文左衛門は額に汗を浮かべた。何度も付け届けを要求されているので、それを用心しているのだ。

以前、洋之助は文左衛門の倅《せがれ》の面倒事をうまく片づけていた。

それは文左衛門の不肖の倅・菊之助《きくのすけ》が、車力屋《しやりきや》の亭主の女房に夜這いをかけたことだった。菊之助は車力屋の娘にそうするつもりだったのだが、まちがって女房に手を出したのだ。それが見つかって、ひどい騒ぎになった。

洋之助が間に入って慰謝料を払わせることで解決していたが、それは日向屋の汚点であるから、あまり表沙汰にはしたくない。そこに付け入って、洋之助は盆暮れ正月はもちろんのことだが、遊興費が足りなくなると、それとなく小遣いをせびっていた。

「あの店に盗人が入ってな。大金が盗まれたうえ、主の後添いと子供三人が殺されたんだ。住み込みの使用人もいれると、七人が仏になった」

「そ、そんな恐ろしいことが……」

文左衛門は青い顔をした。

「それより、雪隠《せっちん》を貸してくれないか、どうにも腹の具合が悪いのだ」

文左衛門は二つ返事をする。

洋之助は狭い雪隠にしゃがみ込んで、事件のことをあれこれ考えたが、まったく手掛かりがない。

(まずは手掛かりだ。それを見つけるのがいまは大事なことだ)

仕事熱心なことを考えるが、しぶる腹がどうにも具合よくない。用を足して帳場に戻ると、文左衛門と向かいあった。

「さっきのことだが、なにか気づくことはないか?」

「いいえ、いま旦那から聞いて驚いている次第です。うちも気をつけなければなりません」

「この店の使用人にも、なにか気づくことがあったり、気づいていることがあったら、とりあえず横山町の番屋に知らせるようにいいつけておいてくれるか」

「へえへえ、そりゃもう。お茶をいまお出しします」

「茶はいい。それよりいい薬屋はないか。しぶり腹がひどくってな」

洋之助にしては弱り切った顔をする。いつものひび割れた声もかすれ気味だし、面長の白い顔にも血の気が少なかった。

「それでしたら米沢町《よねざわちょう》の漢古堂《かんこどう》にいい薬があると聞いています」

「漢古堂か。それじゃ行ってみるか。ついてはその薬代だがな、ちょいと都合つかねえか。なに、たいした金じゃない。いやいや脅してるんじゃねえぜ。気持ちだ、気持ちだよ。三河屋の一件があったんで、財布も持たずに家を飛びだしてきたんだ」

文左衛門は眉尻を下げ、弱り切った顔で、

「でしたらこれで足りると思いますので……」

と、気前よく二分を差しだす。それ以下だと、洋之助が納得しないのをよく知っているからだ。

「いつも悪いな。恩に着るぜ」

金を袖の中にしまった洋之助は、そのまま横山町の自身番でじっとしていることにした。歩きまわると、また厠行きになりそうだから、松五郎と弁蔵の調べを待つと決めたのだ。ついでに自身番に備えてある腹薬をもらって飲んだ。

詰めている書役《かきやく》や店番らと茶を濁していると、松五郎がひとりの男を連れてやってきた。

「旦那、妙なことがあるんです」

松五郎は開口一番にそういって、この男が舟を盗まれたという。

「ひょっとすると昨夜の賊が盗んでいったんじゃねえかと思うんです。舟は薬研堀につないであったといいやすから。そうだな」

松五郎は連れてきた男を見ていう。

「へえ、あっしは山谷舟《さんやぶね》をもっぱらにしているんですが、今朝行ってみると舟がないんです」

「船頭か」

洋之助は男を見た。船頭らしく真っ黒に日焼けしている。山谷舟とは、吉原通いの客を専門に乗せる舟のことをいう。

「へえ、あっしは与市《よいち》と申します。それで、舟を探しているとあったんでございます」

「どこに？」

「それが幽霊橋《ゆうれいばし》のたもとなんです。そのまま引き取ろうと思ったんですが、なにせ舟はあっしにとって大事な商売道具です。盗人を捕まえてやろうと思いましてね。それで、こちらの親分に偶然会いまして、力を貸してもらおうと考えたんです」

与市はときどき松五郎の顔を見ながら話した。

「盗まれた舟が幽霊橋に……」

洋之助は宙の一点を見据えた。賊が盗んだのならそんな近場に置き去りにはしないはずだ。幽霊橋は神田堀《かんだぼり》に架かる橋で、三河屋からもそう離れてはいない。だが、賊が裏をかいて近くにいるということも考えられる。

「盗まれた舟はまだ幽霊橋にあるんだな」

「へえ、あります。舟泥棒がそこに置いたのなら、また使うために戻ってくるかもしれません」

「よし、見張るか……」

目を光らせた洋之助は、腹のあたりをさすって腰をあげた。少しは具合がよくなった気がする。舟泥棒が賊一味のひとりだったら、事件は意外に早く片づけられるかもしれない。洋之助はそうなることを願った。

七

十内が目を覚ましたのは、ほとんど昼に近い時刻だった。表から聞こえてくる騒がしい声や、振売りの声などには気づいていたが、昨夜の一騒ぎでなかなか起きることができなかった。

惰眠をむさぼっているうちに二度寝してしまい、はっと目が覚めたときにはびっしょり寝汗をかいていた。井戸端に行き洗面をして家に戻ると、煙管《キセル》をゆっくり吸いながら昨夜の盗賊をどうしてくれようかと考えた。

まずは、賊に押し入られた横山町の商家をたしかめるのが先だと考える。あとのことは商家がどうなったかを知ってからだと決めた。

冷や飯に茶をぶっかけてさらさらとかき込むと、着替えにかかった。朽葉《くちは》色の小紋の着流しに、深紅の帯をつける。派手ななりだ。だが、待てよと考えた。こんな派手な恰好をしていると、例の賊に覚えられてしまう。

「こりゃ、まずいまずい」

独り言をいって帯をほどき、地味な棒縞の木綿に着替え、これもまた地味な献上の帯にした。まったく自分らしくない恰好ではあるが、二人の賊を斬っているし、隠れ家も知っている。もう一度賊のことは調べようと決めていた。町方の手を借りるとしても、十内は自分なりに調べようと考えていた。

深編笠《ふかあみがさ》を被って家を出た。隣に住む二人の娘はどうしているだろうかと、ちらりとそっちを見たが、静かである。まだ夏の名残のある蟬の声が空に広がっていた。

橋本町一丁目の自宅を出ると、横山町に足を向けたが、ふと舟のことを思いだした。拝借したままでは、持ち主が困るだろう。まずは舟を返すべきだと、生真面目なことを思い、まわれ右をして幽霊橋に向かった。

拝借した舟はその橋のたもとにつないでおいたのだ。歩きながら空を舞っている鳶《とんび》を眺め、昨夜の賊のことに思いをめぐらせる。それにしても危ないところだった。あんなところで命を落としたら、親に顔向けできないと反省もする。

舟はちゃんと昨夜つないだ場所にあった。舫をほどき、舟に乗り込み棹をつかんだ。

「待ちやがれッ！」

いきなり大きな怒鳴り声がした。そっちを見ると、なんと服部洋之助と松五郎、そして見知らぬ男が駆けよってきた。

「動くんじゃねえ、早乙女十内」

洋之助が十手をかざして、にらみつけてきた。松五郎も肩をいからせて、太い首をぐりぐりまわした。

「舟泥棒がきさまだったとは思いもよらぬこと。いいからこっちにあがって来やがれ」

洋之助の命令にあわせるように、「あがってこねえか」と松五郎が剣呑《けんのん》な声でいう。

「ちょっと待ってくれ。おれは舟を借りただけだ。泥棒じゃない」

「だったらなんで、その舟に乗ってやがる。その舟は、ここにいる与市という船頭のものだ。いいわけがあるならたっぷり聞いてやるから、こっちに来やがれ」

「早くしねえかッ！」

松五郎が足許の砂を蹴って急かす。

十内はやれやれと首を振って河岸道にあがった。すぐに洋之助が近づいてきて、首に十手をあてる。そばに松五郎が来て、やけに太い眉を吊りあげ、牙《きば》を剝《む》くような顔をする。

「おれは盗んだんじゃない。借りただけだ」

「おいおい、それは通用しねえぜ。この舟の持ち主は盗まれたといってるんだ」

「おう、いい逃れなんかできねえんだ。観念しやがれッ！」

松五郎がつばを飛ばしながら吼《ほ》えて、捕縄をビシッと目の前にかざした。

「たしかに舟は借りたが、盗むつもりはなかったんだ。だからこれから返しに行こうと思っていただけだ。まあ、盗まれたと思ってもしかたないが、すまねえ、これで勘弁してくれ。悪気はなかったんだ」

十内は与市という船頭に、小粒（一分銀）をにぎらせた。それではこの窮地を逃れることはできないと思い、もう一枚わたした。与市は怒った顔をしていたが、そのことで急に表情をやわらげた。

「おい、金で丸め込もうとしちゃならねえ」

洋之助が間に入ったが、

「こちらのお侍が謝ってくだされば、あっしは結構です」

と、与市は折れる。十内はすかさず頭を下げて、

「ほんとにこのとおりだ。勘弁してくれ。盗むつもりなんかこれっぽちもなかったんだ。舟はちゃんと返すから、まるく収めてくれないか。迷惑をかけたことはこのとおり謝る。まことにすまなかった」

と、ひらにひらに謝った。

そこまでされると与市も何もいえなくなったらしく、物わかりのいいことを口にした。

「町方の旦那、このとおり謝っていただきましたので、あっしはもうこれで結構です。悪気がなかったというのがわかりましたから……」

「そうかい、おめえさんがそういうなら、まあしゃあねえか。この男とおれは知らない仲じゃない。これで手打ちにしてやろう」

「じゃあ行ってもいいですか？」

与市も面倒事は避けたい素振りである。洋之助の許しが出ると、さっさと自分の舟に乗り込んだ。

「早乙女ちゃん、おめえさんはまだだめだぜ。財布を持っているな」

「それがどうした?」

「おうおう、それがどうしましたかだろうが、言葉に気をつけやがれ、この芋侍が」

松五郎が吼えるが、十内は相手にしない。

「いいから出せ」

洋之助はじっと十内を凝視して、財布を出せと催促する。十内は意図がわからず、黙って財布を出した。即座に洋之助が奪い取るようにして、財布のなかをあらためた。

「浪人にしちゃ金を持ってるじゃねえか。どうやって稼いだ?」

「まともに仕事をしてだ。返せ」

十内は洋之助と同等の口を利く。年上だろうが、相手が町方だろうが気に食わないやつにはいつもそうである。

「ほう、まともにね……。まかさ盗みをやったんじゃないだろうな」

「冗談じゃない。他人のものを盗むようなおれじゃない」

「だが、舟を盗んだ。おめえさんは借りただけだとぬかしたが、盗んだことに変わりはない。そうじゃないか」

「あれには込み入った事情があるんだ」

「なんだ、その事情ってえのは……」

十内は昨夜の賊の一件を話そうかと思ったが、頭ごなしに盗人呼ばわりする洋之助に嫌悪を感じているので、心中で迷った。

「いろいろあるんだ」

「まさか三河屋にはいった賊とつるんでるんじゃねえだろうな」

十内は眉宇をひそめた。

「なんだそれは……」

「昨夜、三河屋という蠟燭問屋に賊がはいったのだ。主は命拾いしたが、女房と子供と奉公人が殺されて、金蔵の金をごっそり盗まれた」

「ほんとうか。それはどこにある店だ？」

「横山町二丁目だ。何か知ってるんじゃねえだろうな」

やはりそうだったのかと、十内は思った。洋之助が探るような目を向けてくる。

「どうした……」

「いや、なんでもない。とにかく財布を返せ」

十内は自分の財布を奪い取ろうとしたが、洋之助はさっと後ろに隠した。

「賊の調べをしなきゃならねえ。手があればあるほど助かる。おれはたったいま、おめえさんに目こぼしをした。それで泥棒の濡《ぬ》れ衣《ぎぬ》を着なくてすんだことになる。その代わりに、ひとはたらきしてもらいてえ」

「旦那、そんなことは……」

松五郎が口を挟んだが、

「うるせえ、てめえは黙っていやがれッ」

と、洋之助に怒鳴られると、首をすくめてしゅんとおとなしくなった。

「何をしろというんだ。町方の手先仕事でもただというわけにはいかないな。おれはちゃんと商売の看板を出しているんだ」

十内は「よろず相談所」という看板を出している。頼まれればなんでもやる〝何でも屋〟を生業《なりわい》にしている。

「手柄を立ててくれりゃ、それ相応の礼はするさ。おれと早乙女ちゃんの仲じゃねえか、かたいこといいっこなしだ」

洋之助は十手を引っ込め、馴れ馴れしく肩に手を添える。

「詳しいことを聞かなきゃわからぬな」

「それじゃそこの茶店でしてやる」

茶店の縁台に移って、洋之助は三河屋で調べたことをざっと話した。賊の手掛かりは何もつかんでいないことがわかった。しかしながら、被害にあった三河屋には同情を禁じ得ない。もし、自分が昨夜、機転を利かせて大声を出すなりなんなりしていれば、悲劇は起こらなかったかもしれない。それを思うと、十内の胸が苦しくなった。

「財布は返してやる」

洋之助はそういって、すっかり中身を自分の手に落としてから懐《ふところ》に入れ、空の財布を十内にわたした。

「あっ」

と、十内は驚きの声を漏らしたが、

「目こぼし料だ。おれの助をしていいはたらきをしたら、この金を倍にして返してやる。いい仕事じゃねえか早乙女ちゃん。な、よろしく頼むよ」

洋之助はにやりと笑うが、そのことで十内はへそを曲げた。こんな腐った町方の助ばたらきは御免こうむりたいと思うし、それに自分が賊のことを知っているといっても、もうあの隠れ家に賊がいるとは思えない。いまごろは行方をくらましているはずだ。

「どうする……」

「まあ、何かあったら知らせることにするよ」

十内は薄っぺらになった財布を、洋之助から奪い返して懐に入れた。

「それがいい」

「だが、あまりあてにしないほうがいい」

「気長に待つさ。おっと、まだ話はすんでないぜ」

洋之助は立ちあがろうとした十内の肩を押さえ、

「舟を盗んだ、その込み入った事情ってのはなんだ?」

と、腹の内を探る目を向けてくる。十内は忙《せわ》しく頭をはたらかせた。

「酔っぱらっていたんだ。それに、途切れ途切れにしか思いだせなくてな。舟に乗ったが船頭がいなかった。それで勝手に拝借したんだろう。盗もうと思ったわけじゃない。今朝になって、そのことを思いだしたんだ。だから、返しに行こうと思っていた矢先に、服部さんに捕まったという次第だ」

「ふむ……」

洋之助は疑り深い目を向けてくる。

「正体不明なほど酔っぱらっていたが、どこから舟をかっぱらったかは覚えていたってことか。おかしくはねえか。ええ、早乙女ちゃんよ。出鱈目《でたらめ》いっておれを煙《けむ》にまこうとしてんじゃねえだろうな」

「薬研堀のそばで飲んでいたんだ。それで、だいたいの見当はついた。どこで飲んでいたか、それも調べるか……」

洋之助は猜疑心《さいぎしん》の勝った目で十内を凝視し、薄い唇を舌先でちろりとなめ、不気味なほどの間を置いて、首の骨をポキッと鳴らした。

「まあ、いいだろう。おれの助をしてくれりゃ文句はねえ。頼んだぜ」

洋之助はそういって去っていった。

ひとり残った十内は、くそッと唇を噛み遠くを見た。

（賊はおれが探す）

そう、決めた十内はすっくと立ちあがった。

第二章　待ち伏せ

一

三河屋の暖簾はあがっていなかった。

（たしかにこの店だ）

十内は三河屋の前に立って、昨夜のことを思いだした。あのとき、成り行きを見守らずに、泥棒だと大声でもあげていれば、賊の押し込みを防ぐことはできたはずだ。そうしなかった自分を、十内はしきりに悔やんだ。

大きく息を吐きだして、三河屋の戸口を開けた。数人の奉公人が帳場と上がり框《かまち》に腰をおろしていたが、十内を見て驚いた顔をした。

「申しわけありません。今日は店を閉めておりまして……」

「わかってる。話を聞きたいだけだ」

帳場に座っていた男を遮って、十内は土間に進んだ。帳場にもその隣の部屋にも、蠟燭を入れた箱が積んであった。奥座敷にも忙しく動く人の姿があったし、奥の台所にも人の気配があった。

「賊がはいったらしいが、そのことを聞きたい。おれは北御番所の服部さんに頼まれている男だ。あやしいものではない」

そばにいる奉公人たちは互いの顔を見合わせた。洋之助に助を頼まれたばかりなので、こういうときは便利である。十内は言葉を足した。

「詳しいことを知っているのは誰だ？」

「服部様には調べを受けたばかりですが……」

帳場に座っている丸顔で痩せた男だった。

「わかってる」

「他の御番所の旦那たちも見えまして、あれこれ聞かれていったのですけれど……」

「それもわかっている。じかにこの耳で聞きたいだけだ。誰が詳しい？　おまえは番頭か？」

「いいえ、手代の冬吉と申します」

「冬吉、おまえは昨夜この店にいたのか？」

「いいえ、わたしは通いです。住み込みの奉公人は三人だけで、他の奉公人と女中はみな通いでして……」

「それじゃ昨夜店にいたのは、主の吉次郎と女房子供と、その三人の奉公人だけだったんだな」

「さようで……お茶を……」

冬吉は気を利かせて、そばにいる若い男にいいつけて、十内に顔を戻した。

「賊がはいったのに最初に気づいたのはわたしです。そのあとで番頭さんたちがやってきました」

「番頭は……」

「お寺に坊さんを迎えに行っております。今日は通夜をしなければなりませんので」

「そうだったな。それで主人の吉次郎は無事だったというが、話を聞かせてもらえないか」

　冬吉は戸惑った顔をしたが、少しお待ちくださいといって奥に行き、すぐに戻ってきた。

「こちらへどうぞ。しかし、怪我の手当てをしたばかりで手短にお願いします。おかみさんもお子さんもなくされてもいますし……」

　十内は吉次郎の寝間に案内されて、枕許に座った。吉次郎は横になっていたが、半身を起こして座った。こっちのほうが楽だという。よく肥えた男で、二重顎だった。

　十内は洋之助との間柄を話して、いくつかのことを訊《たず》ねていったが、返ってくる言葉は大まかに洋之助から聞いたことと同じだった。

「賊の顔も人数もはっきりとはわからないってわけか……。おぬしを脅した賊の年はどうだ？」

「それもよくわかりませんで……。何しろ殺されるんじゃないかと、生きた心地ではありませんでしたので……」

「十中八九盗みめあてだったとは思うが、誰かの恨みを買っているようなことはないか？」

「みなさん同じことをお訊ねになりますが、そんなことは一切ありません」

吉次郎はそういって、深いため息をついてうなだれる。

「どうして、こんなことになったのか……賊のことは恨んでも恨みきれないほどです。できることならこの手で首を絞めて、八つ裂きにしてやりたいです」

吉次郎は悔しそうに唇を嚙み、目尻に涙を光らせた。

縁側に吊されている風鈴が、ちりんちりんと音を立てた。気づけば蟬の声は昨日より少なくなっている。

「……また聞きたいことがあれば、訪ねてくる。それにしても災難であった」

十内はそう言葉にしたとたん、その災難を唯一防ぐことのできたのは、自分だったのだと思い知った。

（おれのせいかもしれねえ）

十内は自分を責めた。昨夜、機転をはたらかせていれば、吉次郎の家族と奉公人は殺されずにすんだかもしれないのだ。

三河屋を出た十内は、あたりに目を凝らした。通りに軒をつらねる商家は常と変わることはない。道行く行商人も侍も普段と同じである。

町屋はあかるい秋の日射しに包まれている。

(あの家だ)

昨夜賊のいた百姓家が、十内の脳裏に甦《よみがえ》った。三河屋には賊を追う手掛かりはなかった。洋之助もそういっている。だが、あの百姓家には残っているかもしれない。

(行ってみよう)

思いを決めた十内は、柳橋《やなぎばし》で舟を仕立てることにした。

二

竪川は大川と旧中川を東西につなぐ、全長約一里八町の運河である。大川から順に一ツ目之橋から四ツ目之橋まであるが、当初は五ツ目と六ツ目の橋もあった。このふたつは貞享《じょうきょう》元年（一六八四）に取り払われ、そのまま架けられることはなかった。

その五ツ目之橋跡の南詰めから、南の小名木《おなぎ》川方面にのびる一本道を羅漢道という。名前の由来は、五百羅漢のある羅漢寺が途中にあるからだろう。

その羅漢寺そばの小高い丘にある木立のなかで、清水源七郎《しみずげんしちろう》は暇を持てあまし気味に座り込んでいた。日に日に暑さはやわらいでいるし、吹き抜ける風があるので木陰は過ごしやすかった。

源七郎は長身である。六尺はゆうにある。背中を太い銀杏の幹にあずけ、長い足を投げだし、くわえていた柊《ひいらぎ》の葉をぷっと吹き飛ばした。

そばにいた手下らがびくっと顔を振り向けてきた。

「来ましたか?」

聞くのは梅三《うめぞう》という男だった。低い鼻に目と口のよった、ちんまりした顔をしている。

「何が?」

ぞんざいに聞き返すと、梅三は「いいえ」といって視線を外した。

「人に聞く前にちゃんと見張りをしておけ。おい、おぬしらもそうだ」

他に二人の手下がいた。いずれもふてぶてしい顔をしているが、源七郎ににらまれると、素直に顎を引いてうなずいた。

「又兵衛《またべえ》も又兵衛だ。用心するに越したことはないだろうが、昨夜のやつがまたのこのこやってくるとは思えぬだろう。そうは思わないか」

「へえ、あっしもそう思いやす」

梅三が相槌《あいづち》を打つ。

「だけど、仲間が二人も斬られたんです。ただもんじゃないでしょう」

栄次《えいじ》という男だった。源七郎は栄次をにらんだ。

「やつがおれたちの何を知っていると思う？　やつは偶然近くにいた浪人だろう。おれたちは尾《つ》けられてはいなかった。そうだろう」

「たしかに……」

「馬鹿馬鹿しい……」

源七郎は近くにあった小石をつかんで遠くに放り投げた。

昨日まで使っていた隠れ家が丘の下にある。そこからだと隠れ家の周辺を見わたすことができた。昨日まで使っていた家に近づくような人間はいなかった。

周囲は稲田で囲まれていて、畦道《あぜみち》に百姓の姿があるだけだ。それも二人ほどしか見えない。羅漢道を牛を引いて歩いてくるものがいたが、西の畑道に消えていった。

「又兵衛も用心深いといえば用心深いが、なにもここまで……」

源七郎は愚痴をこぼす。

さっきから口にしている又兵衛とは、盗人仲間に「赤蜘蛛《あかぐも》の又兵衛」と呼ばれている盗賊の頭だった。源七郎はその又兵衛に用心棒として雇われていた。

「おい、見張るのは昼までだ。こんなことは埒《らち》が明かないってもんだ。戻ったら分け前をもらって、それで今度の仕事は終わりだ」

源七郎の言葉に、みんなが顔を振り向けた。

「あっしもそう思いやす。やることはやったんですから、あっしは金さえもらえりゃいいんですから」

さっき、仲間が斬られたので、見張りは無駄ではないといいたそうな顔をした栄次だった。

「おれもこんなことは無駄だと思いやす」

茂吉《もきち》という元大工だった。

「それじゃ話は決まりだ。昼まで見張って終わりだ」

源七郎がいうと、みんな胸をなでおろすような顔をした。早く分け前をもらいたいのだ。その胸のうちはよくわかった。源七郎とて、同じなのだから。

それからほどなくして、仙次郎《せんじろう》がやってきた。又兵衛の世話役で、いつもそばにいて仲間を監視している狐顔《きつねがお》の男だった。

剣術の腕はさほどではないが、残忍さにおいては又兵衛一味で群を抜いている。又兵衛の指図ひとつで、相手が誰であれ虫けらのように殺してしまうし、いざ痛めつけるとなると容赦がなかった。そのくせ、何もなかったような涼しい顔をしている。

源七郎は、こいつだけには気をつけなければならないと、心の隅で警戒していた。

「まだ来ませんか？」

源七郎のそばに仙次郎がやってきた。

「蟻《あり》ん子一匹よりつきやしない。見張りは昼までだ」

「そりゃいけません」

仙次郎は顔をしかめた。

「やつは仲間を二人も斬ってんです。それにおれたちのことをどこまで知っているか知れたもんじゃありません。もし、町方の手先だったり、火盗改めだったらどうします」

「だったらとうに姿を見せてもいいはずだ。もし、おまえのいうようなやつだったら朝早くにやってくるはずだ。そうではないか」

「手はずを整えて用心しているとしたら」

源七郎は鼻で笑った。

「又兵衛にそういわれたのか。やつも案外小心なところがある」

「お頭は日が暮れるまで見張れといってていやす。今日一日は用心するんだと」

仙次郎は表情を引き締めて意見する。細い目に敵意に満ちたような険悪な色さえ浮かべる。源七郎は短くため息をつき、

「それじゃしかたねえか」

と、あきらめた。そばにいた手下たちもがっかりという顔をしていた。

「仙次郎、おめえは昨夜のやつの顔を覚えていないのだな」

「暗すぎましたからね。取り逃がしたのがおもしろくありません」

「おれもおもしろくない」

仙次郎がキッとにらんできたが、源七郎は視線を外して、煙草《たばこ》入れを出した。

木々の間から漏れ射す光が、まだらな影を作っていた。周囲では蟬の声がしているが、うるさいほどではなかった。

「昨夜のやつだが、背はいかほどだった?」

源七郎は暇にまかせて仙次郎に訊ねる。昨夜隠れ家に来た男を追ったのは、仙次郎と四人の手下だった。

「高かったです。清水さんと同じぐらいか、少し低いか……」

「剣の腕はどうだった? 二人が斬られたとはいっても、やつらはからきし刀など使えない男だった」

「おれはそれなりにできるような気がしました。清水さんほどじゃないでしょうが……」

「なるほど……」

源七郎は煙管に火をつけて吹かした。

「もし、昨夜のやつが来るようなことがあったら、おれはなぶり殺しにしてやりますよ」

仙次郎は牙を剝くような顔をした。

「その前におれがひと太刀《たち》で斬ってしまうさ」

「それでもめった刺しにしますよ」

源七郎はこういう仙次郎の気性に恐れを覚える。相手が死んでいるとわかっていても、とことん痛めつけるのだ。仙次郎とはそんな男だった。

源七郎が煙草を喫《の》み終えてすぐのことだった。

「誰か来ます」

といって、茂吉が立ちあがった。

源七郎も茂吉が注意を向けているほうを見た。ひとりの侍が竪川のほうからやってきていた。二本差しに着流し姿だ。深編笠を被っているので顔は見えない。

源七郎は眉間《みけん》にしわを刻んだ。仙次郎がいったように侍は背が高かった。

「やつか……」

仙次郎に聞いたが、首をかしげただけだった。

羅漢道をやってくる侍は、ときどき足をゆるめて周囲に目を配っていた。それから道をそれたと思ったら、昨夜まで使っていた百姓家に足を向けた。

「あいつかもしれねえ」

仙次郎がつぶやいた。そのとき、侍は百姓屋の戸を引き開けてなかにはいった。

「行くぞ」

源七郎はそばに置いていた大刀をつかんで立ちあがった。

三

土間奥に漬物を保管する納屋があり、そこに置かれている漬物樽から特有の匂いが充満していた。嗅ぎなれている匂いだが、雨戸も戸も閉められているので鼻につくのだ。しかし、それも次第になれてきてとくに感じなくなった。

十内は深編笠を脱いで、雪駄履きのまま板の間にあがり、奥の座敷をのぞき、もうひとつの部屋をあらためて見た。居間には飲み食いされた形跡があり、茶碗や丼や徳利《とっくり》が転がっていた。使い古された煙草盆の灰吹きには、吸い殻が山となっていた。

破れ障子の桟には埃《ほこり》がたまっていた。埃だらけの縁側には足跡がいくつもあった。雨戸の隙間や節穴から光の条が射していて、足跡を浮かびあがらせている。古い箪笥《たんす》や行李《こうり》があったが、中には何もはいっていなかった。家の持ち主がいないのか、それともこの家を賊が買い取ったのか不明である。昨夜はわからなかったが、藁葺《わらぶ》きの屋根には草が生えており、雨戸や戸は建て付けが悪くなっていて、庇《ひさし》は傾いていた。土間には青い苔《こけ》さえ生えていた。

賊の手掛かりとなるものは何もなかった。着衣どころか、下穿《したば》きも足袋も草鞋《わらじ》なども
なかった。まったくのもぬけの殻といってよかった。

十内は賊が周到だというのを知った。三河屋襲撃も念入りに計画されてのことだったのだろう。しかし、賊を追う手掛かりがないと、ここで行き詰まったことになる。

チッと、舌打ちをしたとき、表に人の気配がした。十内は息を殺して、五感を研ぎすました。たしかに表に人がいる。

（ひとり……いや二人か……）

足音を忍ばせて戸口に近づいたときだった。その戸が大きな音を立てて倒れてき

た。いきなりのことに、十内は仰天してあとずさった。まばゆい外光に目をそらしたとき、日の光を背負った黒い影が襲いかかってきた。

抜き身の刀が閃《ひらめ》き、よろけた十内の肩先をかすった。

はっとなって、板の間に飛びあがると、裏の勝手口からも別の男があらわれた。自分に襲いかかってきた土間にいる男は、長身である。片足を上がり框にかけ、八相《はっそう》に構えた刀を後ろに引いている。

「逃がすな」

男の指図で勝手口からやってきた他の男たちが、十内の背後にまわった。さらにもうひとり表戸からはいってきた男が、後ろ手で戸を閉めた。

家の中は薄闇に戻った。

十内は鯉口《こいぐち》を切ったまま、腰をゆっくり沈め、男たちの動きを警戒した。やってきたのは五人である。

「何もんだ？」

十内はさがりながら聞いた。

「それはこっちのいう科白だ」

とがった顎を持つ長身の男だった。

「ここに何をしに来た？」

最後にやってきた狐顔の男だった。切れ長の目が恐ろしいほど冷たい。

「何ってこの家の様子を見に来ただけだ。空き家らしいので、借りることができないものかと思ってな」

十内は適当なことを口にした。目の前の長身が眉宇をひそめる。

「べらぼうをいいやがって。てめえが何者だろうが、生きては帰さねえぜ」

狐顔の男が長身の横に並んでいう。十内を取り囲んでいる男たちは、総身に殺気をみなぎらせていた。

「ずいぶん理不尽なことといいやがる。おれが何をしたってんだ」

十内はじりっと足を動かして、背後の男たちに半身を向けた。

「しゃらくせえ野郎だ。やれッ」

狐顔がいったとたん、右横にいた男が袈裟懸けに斬りつけてきた。十内は抜きざまの一刀でその一撃をはね返すと、体を低めながら背後から斬りかかってきた男の脇腹をたたき斬った。

「うぎゃー」

男は悲鳴をあげて、破れ障子に血潮を迸らせながら倒れた。

十内は隣の座敷に移動して、間合いを取りなおした。しかし、追うように間合いを詰めてきた長身が電光の突きを送り込んできた。それはまさに瞬速の業《わざ》で、体をひねらなかったら危うく心の臓を刺し貫かれるところだった。

背中に汗が流れ、脇の下に冷たい汗がじわりとにじむのがわかった。

長身はかなりの腕前だ。これは侮れないと、十内はさらに気を引き締めた。だが、狭い屋内では分が悪い。頭上には間仕切りの桟や、柱が走っているから、刀を思い切り振りあげることができない。

反対側から襖を突き破って刀が飛びだしてきた。十内は横に動いてかわし、下半身を狙って刀を振ってきた狐顔の一撃を刀の棟で防ぎ、すかさず横に動いた。

と、今度は長身が逆袈裟に刀を振りあげてきた。十内は背後の壁に張りついてかわした。そこへ、刀を腰だめにした男が突っ込んできた。

十内は懐に呼び込んでおいてから、絶妙の間合いで体をひねるなり、男の首に腕を巻きつけ盾に取った。

「近寄るなら、こいつの命がないぜ」

息を喘《あえ》がせながら十内は三人の男をにらむ。

「やるならやってみやがれってんだ」

そういってずんずん近づいてくるのは狐顔の男だった。

「来るな」

制止の声をかけたとき、狐顔は十内が盾にした仲間の腹を突き刺した。

「あわわ……うぐっ……」

刺された男の体から力が抜け、膝からくずおれてゆく。十内は首に巻きつけていた腕を放した。

「昨夜の鼠《ねずみ》はやはりてめえだったか……」

十内は相手を見た。昨夜自分を追ってきた足の速い男だ。おそらくそうだと見当をつけた。それにしてもあっさりと、自分の仲間を殺してしまう相手に、戦慄《せんりつ》を覚えずにはおれなかった。だからといって、ここで臆しては殺されてしまう。

十内は横に動きながら、柱の裏にまわった。狐顔の一撃が、その柱に食い込む。

その隙を見逃さずに、十内は雨戸に体当たりをして表に飛びだした。

バリンという派手な音が耳朶にひびいたのと、地面に転がるのはほぼいっしょだった。あかるい日射しに目を細め、すぐに立ちあがったが、狐顔はもうそばにいた。

背後に長身がまわり込み、挟み打ちをされる恰好になった。青眼から下段に構えなおしたとき、色黒ののっぺり顔が突きを送り込んできた。

ちーん。十内はすりあげるようにしてはね返すと、大上段から斬りかかってきた長身の一撃を横に飛んでかわすなり、裏の竹藪《たけやぶ》の中に逃げ込んだ。

「待ちやがれッ」

狐顔の怒鳴り声が背後でした。

四

竹藪の中に逃げ込んだ十内は、さらに奥に進んだ。足音が迫ってくる。狐顔だ。昨夜も足の速い男だと思ったが、今日もその身軽さには驚くしかない。

後ろを振り返ると、片手で背中を斬りつけてきた。さいわい竹が斬られただけだったが、十内は逃げるのをあきらめ再び戦うことにした。

狐顔は息があがっていた。短い距離を走るのは得意のようだが、体力は長持ちしないようだ。

「仙次郎、ここはおれにまかせるんだ」

長身が狐顔の前に出てきた。

「清水さん、こいつはおれにやらせてくれ。昨夜から腹に据えかねているんだ」

「ならぬ。下がってろ」

清水という長身は狐顔の仙次郎を押しのけて、前に出てきた。十内はその分後ろにさがった。十内と清水の間には何本もの孟宗竹《もうそうだけ》が立っている。

竹が風に騒ぎ、乾いた音を立てた。

「やはり、きさまらだったか……」

十内は下がりながらいう。目の端で逃げ場を探す。

「なにがだ？」

「三河屋を襲った賊だってことだ」

「まさか、きさま火盗改めではあるまいな」

長身の清水は前進を阻《はば》む竹を避けながら間合いを詰めてくる。

「火盗改めだったらどうする？」

十内は八相に構えて、清水の動きを警戒する。清水の眉間に深いしわが刻まれた。

雲が日を遮ったらしく、あたりがゆっくり翳《かげ》った。

「斬る」

清水がそう応じた瞬間、十内は八相に構えていた刀を素早く引き、そのまま鋭い突きを送り込んだ。清水はすり落としてかわし、横なぎに刀を振った。

三本の竹が切断された。数瞬の間を置いて、その竹がばさばさと音を立てて倒れた。同時に十内は清水の小手を打つように、刀を振った。

その一撃をかわそうとした清水の袖が、竹枝に引っかかり動きが止まった。

「うぐッ……」

十内の刀が清水の左腕を斬っていた。相手に反撃の余裕を与えまいと、つぎの斬撃を送り込んだが、今度は十内の刀が竹に阻まれた。切断された一本の竹がすとんと地面に落ち、がさがさと音を立てて倒れた。

十内が身をひるがえしたのはその瞬間だった。ここは一旦後退したほうが得策だと考えてのことだった。竹藪を抜けると、狭い野路を駆けた。左右は稲穂をつけた青い稲田だった。風に吹かれる稲田は波のように動いている。

後ろを見た。三人の男が竹藪を抜けてきたところだった。十内は右の雑木林に紛れ込んだ。櫟《くぬぎ》や楢《なら》などの生い茂った林で、頭上は高い欅《けやき》や椎《しい》の枝に覆われていた。翳っていた日があかるくなり、地面に濃い影ができた。十内は一方の藪の中に飛び込み、そこで息をひそめた。肩を上下に動かし、荒れている呼吸を静かに整えなおす。

男たちの足音が聞こえてきた。その姿が樹幹を通して切れ切れに見える。

(見失ってやがる……)

十内は静かに呼吸を整えつづける。全身汗びっしょりだった。

男たちはてんで見当ちがいのほうを歩きまわっていた。どこに行った、あっちかなどといって、林の奥に進んで姿が見えなくなった。

十内はそれでもそこを動かなかった。

源七郎と仙次郎、そして栄次は雑木林を抜け、羅漢寺の裏道に出ていた。すぐそばを細い水路が、ちょろちょろと音を立てて流れている。

「どこへ行きやがった」

仙次郎が牙を剝くような顔をしていう。

源七郎はあたりに目を凝らし、そして背後の林を振り返った。

「林の中に隠れているのかもしれぬ」

「だったら戻って探しますか」

仙次郎も振り返っていう。

「でも、ちがうところに逃げていたらどうします?」

そういう栄次は怯《おび》えた目をしていた。あっさりと、仲間である茂吉を刺し殺した仙次郎に恐怖しているのだ。そのことには源七郎もあきれていたし、仙次郎にはこれからも注意しなければならないと考えていた。

「どうします清水さん?」

仙次郎に聞かれた源七郎は、とがった顎をさすって短いため息をついた。男の正体はわからないが、剣の腕は並ではなかった。だが、町方でも火盗改めでもないようだった。

「放っておいて一度帰るか？」

「そりゃならねえですよ。やつはおれたちのことを知ってるんだ。顔も知られちまったんです」

「見つからぬものは見つからぬだろう。そもそもきさまが茂吉を殺したりするからだ。やつは仲間だったのだ。それをいともあっさりと……」

「あんときゃそうするしかなかったんです。盾に取られるような油断をした茂吉が悪いんだ」

「茂吉が悪いだと……」

源七郎は仙次郎をにらんだ。

「他にやり方があったはずだ」

「おれに殺されなくても、いずれあの野郎に殺されちまったはずだ」

「血も涙もないとは、きさまのことだ」

「へん、何いってんです。おれにまかせておきゃ逃げられることはなかったんだ。それを清水さんがおれにまかせておけといったばかりに、こういう始末だ」

「きさまにはあの男を斬ることなどできぬ。きさまにまかせておけば、いまごろきさまは生きてはいなかった」

「そんなことがどうしてわかります」

「まあまあ」

栄次が割ってはいってきた。

「こんなところで仲間割れしたってしようがないでしょう。あいつを探すのが先ではありませんか」

源七郎は色黒でのっぺりした顔をしている栄次を見た。

「……おまえのいうとおりだ。もう一度探そう」

「どこを探します」

仙次郎はふて腐れた顔でいう。

「もう一度林の中を探して、それでもいなかったら小名木川のほうを探してみよう。栄次、おまえはあの丘の上で見張れ。やつを見つけたら口笛を三度吹いて知らせるんだ」

源七郎は一方の小高い丘を指さして、栄次に命じると、林の中に戻った。仙次郎があとをついてくる。いっそのこと仙次郎を斬り捨てようかという気持ちがわいた。

人を食ったような目で、なめた口を利く仙次郎が疎ましくなっていた。

それにしても逃げた男のことが気になるし、腹が立つ。なによりかすり傷とはいえ、斬られたのだ。源七郎は林の隅々に目を向けながら、斬られた腕のあたりをさすった。血はすぐに止まったが、傷を負ったということがなんとも忌々《いまいま》しい。

源七郎は柳剛流《りゅうごうりゅう》をきわめ短い武者修行の旅に出、大坂や京で道場荒しをやってきた。負けることもなかったし、まして他人に斬られるようなことは一度もなかった。

だが、さっきの男に傷つけられた。そのことが悔しくてならない。見つけたら今度こそは存分に斬ってやると、闘志を奮い立たせていた。

「やっぱり、逃がしちゃなりませんぜ」

仙次郎が遠くの藪のあたりを見ながらいう。

「だから探してるんだ」

仙次郎がさっと顔を振り向けてきた。

「わかりきってることを何度もいうんじゃない」

源七郎がいってやると、仙次郎は狐顔を険しくしてそっぽを向くように歩いていった。

五

その日は、朝から横山町の自身番に、代わる代わる三河屋の奉公人たちが呼びだされていた。呼びだすのは服部洋之助である。

洋之助は賊を追う手掛かりを何も得ることができず、ひとりやきもきしていたのだが、三河屋の一件はすべて洋之助の手に委《ゆだ》ねられることになったことには気をよくしていた。

そうはいっても、もし賊を捕まえることができなければ、同心としての株が落ちることになる。それは何としてでも避けたい。そのために、手先の数を増やしていた。これには痛い出費を伴うがしかたないことだった。

なにより手柄をあげるのが、洋之助の生き甲斐であるし、将来の身の安泰にもつながると考えている。どうせ与力になど出世できないのだから、いずれは筆頭同心となり、隠居前には同心の最上席である年寄同心にはなりたい。そうなれば、役得が多くはいってくるから、蓄えもできる。

「よし、つぎのものを呼んでくれ」

三河屋の丁稚を帰した洋之助は、自身番詰めの書役に命じたが、

「あとは通夜が終わってからでないと無理です」

と、禿《は》げた番人がいう。三河屋では殺された奉公人らのこともあわせて、合同の通夜が行われていた。

「さようか。それじゃひと休みだ」

洋之助はぬるくなった茶に口をつけ、煙管をもてあそんで、灰吹きをコンコンとたたきつづけた。

（賊を店に入れる手引きをしたやつは必ずいる。それは店の使用人のはずだ）

洋之助はそう考えていた。もし、使用人に疑いがなければ、出入りの業者を徹底してあたろうと決めていた。それでもだめなら、贔屓《ひいき》の客も調べなければならない。

「蝉の声が少なくなったな」

考えていることとはちがうことを口にして、夕日を受ける腰高障子《こしだか》を眺めた。

「蜩《ひぐらし》の声も少なくなりました」

禿げた番人が茶を淹《い》れ替えながらいう。そののんびり顔を見ると、

（人の気も知らずに、いい気なもんだ）

と、洋之助は胸の内で毒づいた。

洋之助は三河屋の使用人を片端から調べているが、その一方で目撃者探しをするために、松五郎とその下っ引きにも聞き込みを手伝わせていた。もちろん、自分が使っている小者の弁蔵と乙吉《おときち》にも同じことを命じているし、朝太郎《ちょうたろう》という横山町の岡っ引きも動かしていた。

夕七つ（午後四時）の鐘を聞いて小半刻《こはんとき》ほどしたとき、小村新左衛門《こむらしんざえもん》が自身番にやってきた。洋之助の上役同心である。

「調べはどうだい」

巻き羽織をちょいとはねあげて、新左衛門は上がり框に腰をおろした。赤ら顔に団子鼻を持ち、耳がやけに大きかった。

「手は尽くしております」

「そりゃ結構だ。なにせ、この一件はおぬしの手にまかせられたんだからな。手抜

かりなく頼むぜ」

「承知しております」

洋之助は先輩同心にはちゃんとへりくだったものいいをする。

「火盗改めから助をしようかという話があったんだが、どうする？　手を借りるのも一策だぜ。支配与力から、おぬしに聞いてこいといわれてな」

新左衛門はさほど暑くもないのに、扇子をあおいだ。

「火盗改めが何か種（情報）を持っているとでも……」

「そりゃわからねえ。それにいったいどこの何という賊か、その正体がわかっておらぬのだからな。もっとも手口から見当をつけることはできるかもしれねえが、それもわからぬことだ」

洋之助は膝許《ひざもと》に飛んできた蠅《はえ》をじっと眺めた。蠅は揉《も》み手をするように前脚を動かしている。洋之助はその蠅を追い払って顔をあげた。

「先般、赤穂藩森家に押し入った賊はどうなっています？」

洋之助は新左衛門の問いの答えにはならないことを聞いた。

「ははあ、するとおぬしもあの賊と同じではないかと考えたか……。無理もない、あの賊は何も取れずに追い払われたのだからな。だが、あれは大名家の調べで、目付が動いている。幕府の目付もその助をしていると聞いているが、詳しいことはわからぬ」

やはりそうだったかと、洋之助は唇を嚙む。だが、調べをしている目付の話を聞きたいと思う。その手立てがないかと考えるが、目の前にいる新左衛門に頼んでも詮無《せんな》いことだというのはわかっている。

町奉行所の与力や同心には、大名家や幕臣の侍を調べる権限がない。端からそっちには手を出せないし、つてもない。

「火盗改めの申し出はお断りです」

洋之助がそういうと、新左衛門はきらりと目を光らせた。

「それでいいんだな」

「手は尽くしています。それに、火盗改めが出てくればややこしくなること必定。わたしにおまかせいただきたく存じます」

「ほほう、頼もしきことを……」

新左衛門は呵々《かか》と短く大笑して、閉じた扇子で自分の膝をたたいた。

「それで、三河屋の使用人を調べているらしいが、どうなのだ?」

「まだ疑わしきものはいませんが、賊の手引きをしたものは必ずいるはずです。三河屋の人間でなければ、出入りの商人か贔屓の客かもしれません。それはおいおい調べていきます。尻尾は必ずつかんでやりますよ」

「では、その旨支配与力には伝えておこう」

用はすんだとばかり、新左衛門は立ちあがって自身番を出ていった。

洋之助は暮れはじめた表を眺めた。

蜩の声が聞こえ、赤とんぼが通りに舞っていた。

六

蜩の声も日の光も衰え、暗くなった空にいくつかの星が瞬《また》きはじめた。

そこは亀戸村にある〝おいてけ堀〟のそばにある一軒の百姓家だった。燭台のあかりを片頬に受ける赤蜘蛛の又兵衛は、片肌脱ぎになってちびりちびりと酒をなめていた。

そばには六人の仲間が円座になって座っていた。

「遅いな」

又兵衛はつぶやいて、戸口を見た。表で鴉《からす》の声が短くした。片肌脱ぎになった又兵衛の肩口に、赤蜘蛛の彫り物がのぞいている。四十の坂を少し越えた男で、盗賊の頭としてはやや貫禄に欠けるが、目尻の吊りあがった双眸には相手を威圧する力があった。鷲鼻《わしばな》で、厚い下唇に対して上唇の肉はほとんどないほどに薄い。

「何かあったんでしょうか……」

いったのは彦六《ひころく》という又兵衛の密偵をやっている男だった。そのときどきで商売を替えて、市中に潜伏しているが、三河屋を襲う前に店をたたんでいた。仲間内ではもっとも年を取った五十歳だった。

「まさか、返り討ちにあったというんじゃないでしょうね」

「それはねえだろう。仙次郎もいるし、なにより清水さんがいるんだ。まだ、見張りをつづけているのかもしれねえ。今夜一晩は気長に様子を見てもいいさ」

又兵衛は煮豆をつまんで口に放り込んだ。

そのとき、表に足音がして又兵衛らは一瞬体をかためた。又兵衛が顎をしゃくると、ひとりが戸口に行き外の様子を窺《うかが》い、ほっと頬をゆるめて振り返った。

「清水さんたちが帰ってきました」

「開けてやれ」

又兵衛は緊張をほどいていった。すぐに清水源七郎と仙次郎、そして栄次が家の中に入ってきた。又兵衛はそれを見て、眉間にしわをよせた。

「茂吉と梅三はどうした？」

「やつに殺《や》られちまいました」

仙次郎が答えた。

「茂吉はこの野郎が刺し殺したんだ」

源七郎が仙次郎を見て言葉を足した。又兵衛は眉を曇らせてなぜだと聞いた。

「あの野郎が茂吉を盾に取りやがったんでしかたなかったんです。茂吉を殺らなきゃそのまま逃げられるところでしたから……」

仙次郎はそう答えた。

「それでやつのことは……」

「逃げられちまいました」

「なにッ」

又兵衛は自分の顔に血が上るのがわかった。そのまま、びくっと身をすくめた仙次郎をにらむ。

「どういうことだ。話しやがれ」

男を逃がした経緯を、仙次郎と源七郎が交互に話した。その話を聞き終えた又兵衛は、しばらく黙っていた。

家の中に重苦しい沈黙が流れた。

「お頭、そいつのことなんかほっといて、先に金を分けましょうぜ。他の仲間も分け前をもらいたがっているんです」

沈黙を破ったのは、定助《さだすけ》という男だった。又兵衛は定助に目を向けた。じっと眺めつづける。それから冷え冷えとした口調で、

「おい、人が考え事しているときに口を挟むんじゃねえ。おれが分け前をケチるとでも思ってやがるのか。え、いってみやがれ」

と、定助を凝視した。

「そんなことはいってませんよ」

「だったら余計なことをいうんじゃねえ。え、誰が分け前を早くもらいたいといってるんだ。おめえだろう。おめえがほしいからそういうんだろう」

「いえ、そういうわけじゃありませんで……」

又兵衛は怒りを静めるように、ふっと吐息をついた。それで定助を許したわけではないが、ひとまず他のことを話すことにした。

「仙次郎、逃がしたやつは何者かわからねえんだな」

「わかりやせん。おそらく町方じゃないはずです」

「あれは火盗改めでもないな」

源七郎が言葉を添え足した。

「すると、いってえ何者だ……」

又兵衛はゆっくり立ちあがって、部屋の中を行ったり来たりした。ときどき仲間の顔を眺めて、また元の席に腰を据えた。

「野郎の顔はわかっているはずだ。人相書きを作ろう。いずれ、そいつは町方に知らせるかもしれねえ。おそらくそうするだろうが、生かしちゃおけねえ。仙次郎、てめえは野郎の面《つら》をしっかり覚えているな」

「忘れようたって忘れやしません」

「よし、おまえが人相書きを作るんだ。似面絵《にがおえ》を添えてだ。明日のうちに作って仲間に持たせろ。彦六、仙次郎の手伝いをしてやれ」

「へえ」

返事をした彦六は、軽いしわぶきを漏らした。

「伊太郎《いたろう》」

又兵衛は伊太郎を見た。この男は仲間への連絡役で、その旨のことを手下に指図をする役目をしていた。

「へえ」

「おめえは、明日のうちに三河屋の番頭を始末しろ」

伊太郎の表情がにわかにこわばった。

「誰にも気づかれねえようにうまくやるんだ。わかったな」

「へえ」

「金は伊太郎がひとはたらきして、仙次郎が人相書きを作ったあとで分ける。そういうことだ」

又兵衛はさっき分け前のことを口にした定助をにらんで、言葉を足した。

「定助、わかったな」

「へい、相わかりやした」

「何がわかったってんだ。てめえはわかっちゃいねえ。表で話をしようじゃねえか」

又兵衛は刀をつかんで立ちあがると、他の仲間にもついてくるようにいった。定助にはこれから何が起こるか察しがついたらしく、顔面蒼白になっていた。

「おい定助、行くぜ」

又兵衛が顎をしゃくると、定助はよろけるように立ちあがった。小さくふるえてもいる。そんなことには目もくれず、又兵衛は表に出た。

すっかり日が落ちて、あたりは深い闇に塗り込められていた。

提灯を仙次郎と、海亀の長右衛門《ちようえもん》が持っていた。そのあかりを頼りに又兵衛たちはおいてけ堀のほうに歩いていった。

長右衛門は又兵衛の番頭格で、金銭出納《すいとう》の掛《かかり》をしていた。前頭部が大きく禿げあがった小太りだ。

「定助、話はすぐすむ。それとも何かいいたいことでもあるか」

又兵衛が立ち止まって振り返ると、夜目にも血の気をなくした定助はがばりと土下座をして、半べそをかきながら自分の失言を詫《わ》び、どうか許してくれと命乞いをはじめた。

七

十内は清水源七郎とその仲間二人のあとを尾行して、ようやく新しい隠れ家を見つけていた。その隠れ家を見張っていたのだが、どういうわけか賊の一味が家を出ていった。

しかし、家の中からあかりが漏れている。家の中には誰かが残っているはずだ。

(くそ、腹が減ってたまらねえ)

心中でぼやきながら目の前の家を出ていった一行を見送った。人数は十人だった。まさか、全員で家をあけたとは思えない。

だが、腹をすかしている十内は焦っていた。家の中の様子だけでも見ようと、自分の身を闇に溶け込ませるようにして移動し、賊の隠れ家に近づいた。雨戸に耳をつけて物音を聞くが、なにひとつ聞こえてこない。聞こえるのは周囲の林や草むらですだいている虫の声だけである。

節穴に目をつけて、様子を窺うが人のいる様子もない。

（罠《わな》か……）

一瞬そんなことを思ったが、清水や仙次郎らに尾行を気づかれた節はない。十内は巧妙に尾行してきていた。彼らに気づかれてはいないという自信があった。

場所を移動して、もう一度家の中の様子を見た。人はいなかった。賊の去ったほうに目を向けて、表戸から家の中に入った。やはり、誰ひとりいなかった。

家の中には人の住んでいた形跡がありありと残っている。竈《かまど》には埋《うず》み火があり、鉄瓶が掛けられているし、座敷には徳利や湯呑みが置かれていた。

小皿には酒の肴《さかな》がある。煮豆に小魚の佃煮《つくだに》、そして胡瓜《きゅうり》と茄子《なす》の漬物。

十内は座敷の隅に置かれている箱を見た。金箱である。茄子の漬物と佃煮をつまんで、金箱に近づき中をあらためた。やはり金が入っていた。小判は少ない。その多くが一分銀か二分金だった。

十内は心の臓を高鳴らせていた。早くしないと賊が戻ってくる。このままこの隠れ家を離れるのが得かどうか考えた。答えはすぐに出た。

十内は金箱のひとつを抱えた。かなりの重量だが、肩に担《かつ》げばさほどの重みは感じなかった。そのまま急いで家を出て、竪川の河岸道に急いだ。

ときどき、背後を振り返ったが、賊に気づかれた様子もないし、追ってくるものもいない。もうひとつの金箱も持ち出すことができないかと考えたが、賊が戻ってきてるかもしれないし、その途中かもしれない。もし、相手に見つかったらただではすまない。

(急げ、急げ)

十内は金箱を担いだまま早足になった。

定助は散々泣き言をいって詫びを入れ、許しを請うたが、又兵衛の気持ちは変わらなかった。

「もうわかったから立て」

又兵衛は抑制の利いた低い声で、定助を見下ろした。提灯のあかりを受けるその顔には、恐怖している色がありありと浮かんでいた。

「許してもらえますか」

「ああ、おめえのいいたいことはわかった。だからさっさと立て」

定助は膝をがくがくふるわせながらゆっくり立ちあがった。又兵衛は、その顎をがっと左手でつかんだ。

「口は災いの元だとよくいうじゃねえか。おめえのこの口がそうだ」

又兵衛はきらっと目を光らせた。刹那、右手が鋭く動いた。

「あわ……」

定助の口が大きく開き、目も驚愕と恐怖と痛みに見開かれていた。

「いらぬことはいわねえことだ」

又兵衛はくずおれそうになる定助を突き放して、そばにいる仲間たちを眺めた。

みんな押し黙ったままだった。

「おれに盾つきゃ、定助と同じ道を歩くことになる。わかっているとは思うが……」

又兵衛はそういったあとで、地に倒れた定助を見た。断末魔のうめきを漏らしつづけ、四肢を痙攣《けいれん》させていた。

「苦しそうだな。楽にしてやるか」

刺した匕首《あいくち》を足許に落とし、腰の刀を抜くと、そのまま又兵衛の首に振りおろした。びゅっと鮮血が闇の中に迸った。

又兵衛は顔色ひとつ変えず、定助の着物で刀と匕首の血糊《ちのり》を拭き取り、

「仙次郎、栄次。こいつの体に重石《おもし》をつけて、そこの池に沈めてこい。魚の餌《えさ》だ」

と、指図すると、来た道を後戻りした。

「それにしても面倒なことになった。清水さん、あんたのいう野郎は必ず始末してもらいますぜ」

「いわれるまでもなく、そのつもりだ」

「だけど、このまま江戸に居残るのは考えもんだな。二、三日様子を見て、危ねえようだったらさっさと江戸をずらかるか……」

「行くあてはあるのか？」

源七郎が隣に並んで聞いてきた。

「あてはいくらでもありますよ」

又兵衛はたったいま人を殺したことなど、おくびにも出さずに、にやりと笑ってみせ、

「風がだいぶ涼しくなった」

と、夜空をあおいだ。

周囲の木々が黒い影になって、そよそよと揺れていた。帰ったら飲みなおしだと思った。

だが、隠れ家に入ってすぐ異変に気づいた。何かがおかしいのだ。又兵衛は何だと、家の中に視線をめぐらせて、あっと、目をみはった。

そのまま座敷に躍りあがって、金箱のそばに行った。ふたつあった金箱のひとつがない。又兵衛は戸口からはいってきた仲間をさっと振り返った。

「おい、この家を知っているのは他にはいねえはずだな。ここにいるもんだけだな」

「さようです。他の仲間には教えていませんからね」

応じたのは伊太郎だった。どうかしましたかと、呑気なことを口にする。

「金箱がひとつなくなってるんだ。ここにふたつあっただろう。おれが置いたん

だ」

又兵衛の言葉で、みんな「あっ」と驚きの声を漏らした。

第三章　暗殺

一

泥のような眠りから覚めたときは、もう正午に近い時刻だった。

表から間延びした金魚売りの声が聞こえてきた。

めだかァー、金魚ゥー……めだかァー、金魚ゥー……

金魚売りは夏場の行商だから、あと数日を最後の書き入れにしているのだろう。

十内は大きなあくびをして、半身を起こすと、目をこすった。障子の向こうにあかるい日の光がある。

よろよろと起きだして、台所に行き、柄杓ですくった水をごくごくと喉を鳴らして飲み、はたと背後を振り返り、大急ぎで寝間に戻った。

金箱はあった。蓋を開けてみる。ちゃんと金は詰まっている。

いったいくらあるかわからないが、三河屋から盗まれた金高は、千四百両だと聞いているから、単純に皮算用して七百両はあるはずだ。

（七百両……）

一生目にすることのできないであろう大金が、目の前にある。いきおい金持ちになった気分になったが、いやいやそれはちがうと十内はかぶりを振る。

これは三河屋の金だ。独り占めすることはできない。しかし、この金をいますぐ三河屋に持って行くのも躊躇《ためら》われる。

三河屋の一件は服部洋之助が調べている。金箱を持ち込めば、どんな疑いをかけられるかわかったものではない。それに、賊は金箱のひとつが盗まれたことに気づき、おおいに慌てていると同時に、おいてけ堀のそばの隠れ家も引き払っているはずだ。

もぬけの殻の百姓家に洋之助を連れて行っても、それで説得はできないだろう。

「……どうするか」

十内は独り言をいって、金箱の蓋を閉めると腕組みをして部屋の中を歩きまわった。そうしていると、表から女たちの声が聞こえてきた。玄関先に下駄音と声が、だんだんと近づいてくる。

「早乙女ちゃん、いるの？」

隣に住む由梨《ゆり》の声である。

「いないのかしら……」

由梨と同居しているお夕《ゆう》の声だ。同時に玄関戸が開く音がした。

十内はため息をついて、表座敷に行った。

「なんだ、いるじゃない」

黒目勝ちの大きな目をみはった由梨が、にっこり微笑む。彼女は軽業《かるわざ》を見世物にする曲芸師である。

「昨日はずっと留守だったわね」

お夕が断りもせずにあがってくる。狩野祐斎《かのうゆうさい》という絵師のひな型（モデル）仕事をしている女だ。由梨とちがい、肉づきのよい女で、いまも胸の谷間がのぞけそうになっている。

「何だ、昼のさなかから……」

十内はどっかり座ってあぐらをかいた。煙草盆を引きよせる。

「昨日ずっといなかったでしょう。だから心配していたのよ。ね」

由梨が言ってお夕と顔を見合わせる。

「忙しかったんだ。で、何か用か？」

「あら、用がなきゃ来てはいけないわけ」

お夕がしどけなく横座りをする。すらりとのびたきれいな脚はまぶしい。過分に色っぽいのだが、十内はこの二人には異性としての感情があまりはたらかない。

「そうではないが、おれは何かと忙しくてな」

「客はあまり来ていないみたいよ」

十内は煙管を吸いつけて由梨をにらむように見る。こいつ、おれの家を見張っているのかと勘ぐりたくなる。

「客は来なくても、こっちから仕事をもらいに行くこともある。それはいろいろだ」

十内は玄関脇に「よろず相談所」という看板を掲げている。仕事は人探し・道案内・家出人探し・遺失物探しと、探し物が主だが、そんな仕事はめったにないし、一度猫を探してくれと頼まれて、散々な思いをしたので、探し物はできるだけ断るようにしている。安請け合いはしないと決めていた。

由梨とお夕は勝手に世間話をはじめた。愚にもつかないことばかりで、十内は右の耳から左の耳と、馬耳東風である。

ただし、考えたことがある。金をこの二人に預けようかということだ。だが、それはすぐに稚拙《ちせつ》なことだと気づく。由梨とお夕は人一倍好奇心の強い女だ。

金箱をあけられないようにしても、あれこれ詮索するだろうし、もし賊が金を取り返しに来るようなことがあったら、二人に危害が及ぶことになる。十内はすぐに自分の考えを却下した。

「……それで今度はお月見をしようと考えたのよ。早乙女さんの料理が楽しみだな」

勝手なおしゃべりを終えたお夕が、うふっと笑って媚《こ》びを売る目を向けてくる。

「でも、場所よね。せっかくだから、見晴らしのいいところでしたいものだわ」

由梨も勝手なことをいう。

「月見か……まあ、それは考えておく。さあ、おれは出かけなきゃならない。月見の話はまただ。帰った帰った」

十内は強引に二人を追い返すと、着替えにかかった。習慣になっているので、つい派手な小袖と派手な帯に手がゆくが、やはりしばらくは地味な身なりがいいと思って着替える。

家を出た十内は金箱をどうしようか、賊のことをやはり告げるべきかと考えながら歩いた。歩きながら腹の虫が鳴く。昨日はろくに食っていなかったから無理もない。

三河屋に行く前に豊島町《としまちょう》の「栄《さかえ》」という飯屋まで足をのばした。ここには唯一、十内の助ばたらきをしてくれる孫助《まごすけ》が入り浸っている。

暖簾をくぐって決して小ぎれいとはいえない店内にはいると、隅の席に孫助がいて、馬面を向けてきた。

「これは先生」

孫助にとって侍はみな「先生」である。十内は同じ席に腰を据えて、焼き魚と飯とみそ汁をおかみに注文した。

「おっと、飯は大盛りだ」

板場にさがりかけたおかみを呼び止めて、注文をつけた。

「孫助、三河屋の一件は知っているか？」

十内は孫助を見る。朝から飲んでいるらしく、息が臭いし、いい心持ちの面相だ。

「知らないわけがありませんよ。もうこの辺じゃ大変な噂ですからね」

「調べているのは北町の服部さんだが、他にも関わっている同心がいるかどうかわかるか？」

「服部の旦那が調べをしているのは知っていますが、他の同心の顔はあまり見ませんね。もっとも賊が入ったというのがわかったときには、何人も同心の旦那連中が店に出入りしていましたが……」

「すると、いまは服部さんだけってことか……」

「その辺の詳しいことはわかりませんが、調べりゃすぐです」

孫助はこういうことに目ざとい男だった。

「いや、そっちはいい。ひとつ頼まれてもらいたいことがある」

「なんでしょう」

孫助が馬面を向けてくる。

「赤穂藩上屋敷に賊が入ったことがあった。つい先日のことだ。その賊がどこの何という盗人連中かを知りたい。相手は大名家だ。おまえに調べられるかどうかわからないが、やってくれないか」

「それはどこまでできるかわかりませんが、先生の頼みとあれば断れませんからね。でも、どうして？　三河屋の賊と同じだとお考えで……」

「もし、そうだったら大変なことだ」

「そうでげすね」

「それじゃ頼むぜ」

大盛りの丼飯とみそ汁、たくあんが運ばれてきた。

二

赤蜘蛛の又兵衛は、向島《むこうじま》にある満願寺《まんがんじ》そばの小宅に移動していた。本来、この家のことは誰にも知られたくなかったが、今回にかぎってはしかたのないことだった。別の隠れ家をあらたに設けるのは容易《たやす》いことだが、それはまた人を殺《あや》めることになる。

そうなると、どこでアシがつくかわからないし、これ以上町方の追及を受けたくはなかった。だから、向島の隠れ家に移るのは致し方のないことだった。ただし、この家に移った仲間は六人だけである。

番頭格の海亀の長右衛門、用心棒の清水源七郎、密偵の彦六、連絡役の伊太郎、又兵衛の世話掛と仕置き役を兼ねている仙次郎、そして使い走りの栄次だった。

他の手下への連絡は、伊太郎と仙次郎が密につけているので、意思の疎通は途切れることがなかった。また、裏切りは絶対に又兵衛が許さないということがわかっているので、手下たちは指図にしたがっている。もし裏切れば、地獄のような拷問を受けて殺されると、肝に銘じている。

又兵衛は徹底して手下らに恐怖心を植えつけているのだった。

その又兵衛はさっきから人相書きを眺めつづけていた。仙次郎がつてを使って、売れない絵師に描かせた似面絵が添えてある。肉筆画であった。

「この野郎か……。こしゃくな。見つけたらなぶり殺しにしてくれる」

又兵衛は憎々しげにつぶやいて、十内の似面絵を脳裏に焼きつけた。

これまでの経緯を考えれば、どう考えてもこの絵の男が金箱を盗んだ張本人のはずだ。

「それにしてもこの野郎は、いったい何者なんだ。清水さんを斬るほどだから、なまなかな腕じゃねえってことだな」

「斬られたといってもかすり傷だ。斬り合いではよくあることだ」

源七郎がおもしろくないという顔でいった。

「だけど話を聞きゃァ、仙次郎もたじたじだったようじゃないですか……」

「まあたしかに腕の立つ男だとは思う」

又兵衛は人相書きに目を戻した。

「背も高いようだな」

「清水さんより、少し低いぐらいでした」

仙次郎が答えた。

「とにかくこいつを探すんだ。町方だろうが火盗改めだろうが、かまうこたァねえ。捕まえることができなきゃ、闇討ちをかけてひと思いにやっちまうんだ。その前に金を取り返すことを忘れちゃならねえ。伊太郎、手下どもにその旨伝えるんだ。それで、この人相書きは何枚作った？」

「二十枚です」

　仙次郎が答えた。

「それだけありゃ十分だろう。伊太郎、手下にこれを配ってこい」

「お頭、分け前はどうします？　やつらは金を盗まれたので、気にしているようですが……」

　伊太郎はおそるおそる訊ねた。

「金を分けるのは、盗まれた金を取り返したあとだ」

「わかりやした。そう伝えておきます」

「だが、おれはケチなことはしねえ。ちゃんと分けるものは分ける。そこんとこはちゃんといい聞かせておけ。つぎの山もあるんだ。わかったな。それから三河屋の番頭のことは、ちゃんと始末をつけるんだ。今日のうちに片をつけろ」

「へえ、承知しておりやす。それじゃ行ってきます」

　伊太郎が出ていくと、又兵衛は開け放した障子の向こうにある小庭を眺めた。

花を開いている芙蓉《ふよう》の木の下に、彼岸花《ひがんばな》が咲きはじめていた。日陰には白い玉簾《たますだれ》の花も見られるが、しばらく手入れをしていないので雑草がはびこっていた。庭の向こうには鉛色《なまりいろ》をした雲が広がっていた。風も強くなっているので、ひと雨来そうな気配だ。

「それで又兵衛、おれたちはどうするのだ？」

源七郎が爪楊枝《つまようじ》をくわえたまま聞いた。

「おれたちも指をくわえて、待ってるわけにゃいかねえでしょう。この野郎を探すんです」

「どこを探す？」

又兵衛はそのことを考えた。それは昨夜から考えつづけていることである。

「野郎は隠れ家をうまく見つけた。つまり、野郎はおれたちが盗みに入ったのを、どこかで見ていたのかもしれねえ。それで、おれたちに気取《けど》られないように、うまく尾けてきた。そう考えておかしくねえはずだ」

「あっしもそうじゃねえかと思うんです。そうであるなら、やつは三河屋の近くに住んでいるか、あの辺をうろついているんじゃねえかと……」

長右衛門だった。又兵衛も同じ考えだった。

「ひょっとすると、あの界隈に住んでいる浪人かもしれねえな。だが、三河屋の近くには町方がうろついているはずだ。火盗改めも動いているかもしれねえから、ちょいと厄介だ。だからといって、二の足を踏んでる場合じゃねえ」

「じゃあ、どういう段取りでやります？」

　身を乗りだして彦六が聞いた。

「まず、おまえに動いてもらおう。三河屋の界隈がどうなっているか、三河屋の調べをしているのが誰か、それを知りてえ。その間、おれたちゃ本所と深川界隈を探ってみる」

「どうやって連絡《つなぎ》ます？」

「相生町《あいおいちょう》に千石屋という船宿がある。一ツ目之橋のすぐそばだ。そこに使いを走らせるなり何なりするんだ。長右衛門はおれといっしょに千石屋で彦六の知らせを待つんだ」

「わかりました」

　長右衛門は殊勝な顔でうなずく。

「それから清水さんと仙次郎、そして栄次。野郎はおまえさんらの顔を知っている。

先に見つけられたら逃げられる。頰被りするなり、笠を被るなりして顔を隠して動くんだ」

又兵衛はぬかりない指図をする。

三

「よお、こんなところで何してやがる」

声に振り返ると、松五郎が不遜な顔で近づいてきた。十内が三河屋に向かっている途中だった。ちょうど馬喰町《ばくろちょう》の通りを抜けたあたりだ。

「おれは真面目に手先仕事だ。おまえと同じだ」

「ふん、どうだかわかりゃしねえ」

松五郎はいかつい体を揺すって、剣呑な目を向けてくる。

「松五郎、ひとつ聞きたいが、おまえさんはなぜおれをそう煙たそうな目で見る」

「気に入らねえからだ」

「さようか」

十内はさらりと受け流すようにいう。

「服部の旦那に生意気な口を利くんじゃねえ」

「おれもそうしたいんだが、どうにもこれは性分でな。それに服部さんは何もいわねえぜ」

「旦那は黙っているだけだ。大目に見て我慢してんだよ」

「度量の大きな人だからな」

からかうようにいうと、松五郎が形相を厳しくした。

「てめえ、勘弁しねえぜ」

「まあ、まあ、そう目くじら立てるなよ。それより、三河屋の件は誰が受け持つことになったんだ。まさか、服部さんひとりってことはないと思うが……」

十内が馴れ馴れしく松五郎の肩に手を置くと、

「気安くさわるんじゃねえ」

と、手を払われた。

「この一件は旦那がひとりで受け持つことになった。火盗改めも助をしたいようなことをいってきたらしいが、旦那が断った」

「ほう、そりゃ頼もしいことを……。それで賊を追う手掛かりはあるのか?」

「そりゃ……おれに聞いたってわかりゃしねえよ。おれは旦那の指図を受けているだけだ」

十内は、町方はまだ手掛かりをつかんでいないのだと思った。

「それで賊のことは何かわかったのか?」

「わかってりゃ世話ねえさ。だから、こうやって足を棒にして聞き込みをやってるんだ。横山町の朝太郎親分もはっちゃきになって調べをしているところだ」

「ほう、横山町の岡っ引きも動いているのか。それで、服部さんはどこにいる?」

松五郎は一度にらみを利かせて、もったいぶったように答えた。

「横山町の番屋だ。おめえのことを気にしていたから顔を出すといい」

「おれも会いたいと思っていたんだ」

松五郎が太い眉を上下に動かした。

「まさか、何かわかったことでもあるのか?」

「まあ、それはどうかわからねえが……」

「なんだ。何か賊のことを知ったのか」

松五郎は詰めよって聞くが、

「はっきりしないことばかりだ」

と、十内ははぐらかすようなことをいって、そのまま横山町の自身番に向かった。

洋之助は手持ち無沙汰に茶を飲みながら煙管を吹かしていたが、やってきた十内を見ると、煙管を灰吹きにぽこっと打ちつけて、

「これは早乙女ちゃん、よく来てくれた。さあ、あがれあがれ。おまえさんを探していたところなんだ」

と、ひび割れた声で十内をいざない、狭い自身番の座敷にあげた。

「いまそこで松五郎に会った。あんたが三河屋の一件を預かったそうだな」

「おう、おれの腕にかかっているってわけだ。火盗改めから助をしてえって話があったが、あっさり断ってやった」

洋之助は楽しそうに低い笑いを漏らして、十内のために茶を淹れるように番人にいいつけた。

「それで何かわかったことはあるか？　昨日は家を留守にしていたようだから、ほうぼうを探しまわっていたんだろう」

「…………」

十内は知っていることをいってしまおうかと躊躇った。だが、待てと、もうひとりの自分が待ったをかける。昨日のことを口にすれば、洋之助は賊から奪い返した金箱を自分のものにするかもしれない。服部洋之助とはそういう男なのだ。それに、賊がいまどこにいるかわからない。

また、あったことを正直に話しても信用してもらえるかどうか……。

「どうした？　何かわかったんだな。そんなふうに顔に書いてあるぜ」

洋之助は白い面長の顔をよせてくる。

「尻尾をつかんだ。と、いいたいところだが、さっぱりだ」

口をついて出てきたのは、そんな言葉だった。

洋之助の期待顔がゆっくり厳しくなっていった。がっかりしたようにため息もつく。

「だが、ひとつだけ気になることを聞いた。あの晩、賊が舟を使って竪川に入っていったらしい。もっともそれが賊だったかどうかわからないが……」

「ほんとうか」

洋之助は目を光らせた。

「舟は四艘だったらしい。いずれも猪牙舟だ。十二人ばかり人が乗っていたという」

いえるのはここまでだと、十内は自分を戒《いまし》めた。

「それを賊だと決めつけられるか？　どう思う？」

「その舟を見たやつの話によると、舟が竪川を東に向かっていったのが、九つ（午前零時）ぐらいだったらしいから、三河屋が襲われた時刻を考えると、賊たちだったと考えてもおかしくはないはずだ」

洋之助は思案顔をして、しばらく宙の一点を見つめていた。

「早乙女ちゃん、いまのことは誰に聞いた？」

「本所にある寺の坊主だ。どこの寺のものかわからないが……」

「そうか、まあ誰だっていいが、こりゃァ賊は本所のほうにひそんでいるのかもしれねえな。そうか、本所か……。だが、竪川のどん突きまでいって中川をわたってしまってりゃ、こりゃあことだ。もし、そうだったらまずいな」

洋之助は顔をしかめて独り言のようにつぶやく。中川の先は、町奉行所の管轄外である。そうなると、洋之助は調べができなくなるし、追及もできない。しかめ面をするのも無理はない。

「まだ、そうだと決めつけることはないだろう。賊は欲をかいて、つぎの盗みを考えているかもしれぬ」

十内は茶に口をつけて、洋之助の困り顔を眺めた。

「そりゃあ、まあそうだろうが……」

「とりあえず、竪川沿いの町や村に聞き込みをかけてみたらどうだ。そこから尻尾をつかめるかもしれない」

「そう思うかい」

「無駄にはならないと思うが……。それに無駄を承知で調べるのも町方の務めじゃないか」

「かー、わかったようなことをいいやがる。よし、それじゃそうするか。早乙女ちゃん、おめえさんも手伝うんだぜ」

「財布にあった金を返してもらいたいからな」

「あれは目こぼし料だ。舟泥棒をやったことを忘れるんじゃねえぜ」

こういったところが服部洋之助のいやなところなのである。十内は内心でため息をつく。

「それで、他に何かわかったことは……」

「まだ何もないが、三河屋の使用人を片端から調べている最中だ。今日は葬式だから、それが終わるのを待っているところだ。賊の手引きをしたやつは必ずいる。三河屋吉次郎は戸締まりはしっかりしてあったと、自信もっていうんだ。そうなると、やはり賊が店に入りやすいように手引きをした人間がいなきゃならねえ。そうだろう」

「いかにもそうであろうな」

この辺はさすが町方同心だと、十内は感心する。

「それで、あやしいやつはいそうなのか」

「いまのところは……」

洋之助はゆっくり首を横に振った。

「先日赤穂藩上屋敷に入った賊のことだが、三河屋と同じ賊かどうかわかっているのだろうか？」

十内は洋之助の腹の内を探るような目を向けるが、

「あっちはおれたちの仕事じゃない。赤穂森家の目付と公儀目付の調べだ。だが、それはおれも気になっていることだ」

十内は出された茶にゆっくり口をつけた。

四

市中に散っている又兵衛の手下らに、金箱を持ち逃げしたと思われる男の人相書きを配り終えた伊太郎は、浅草寺北の田圃《たんぼ》道を歩いていた。行くのは、吉原裏にある小さな町屋だった。町屋といっても、ひどい貧民窟でやくざはおろか、町奉行所もめったに足を入れない場所だった。

伊太郎は何度か立ち止まって、空を黒くおおう雲を眺めた。どことといって目立つことのない顔立ちをしている。目も鼻も口もごく平凡だった。これといった特徴のないのが伊太郎で、人に覚えられにくい面相なのだ。体つきも同じように人並みだった。

だから、伊太郎は赤蜘蛛の又兵衛の連絡役に選ばれたのだと自覚している。しかし、いつでも頭の片隅に「逃げたい」という思いがあった。だが、逃げることなど無理だという、強い強迫観念がある。うまく逃げたとしても、見つかったあとのことを考えると、とても逃げることなどできない。

冷酷非道な又兵衛も恐ろしいが、それよりも畏怖《いふ》しているのが仙次郎だった。又兵衛の顔を知らない手下は、仙次郎や伊太郎から又兵衛がいかに恐ろしい男であるか、いかに頼れる男であるかをいい聞かされている。

しかし、そんな手下がもっとも恐れるのが、仙次郎だった。仙次郎は逆らったり、気に食わない手下がいれば、散々殴りつけ足蹴にする。相手がどんなに泣きわめこうが、とことん思い知らせる。歯を折ったり、耳をちぎったり、鼻を折ったりするのは序の口だ。

仕置き棒という棍棒《こんぼう》で、三、四日は口も利けず、自力で立てないようにいたぶりつづける。殺しはしないが、制裁を受ける相手は、肋《あばら》や指の骨を折られ、殺されてしまうという恐怖をたっぷり味わわされる。

仙次郎は制裁を終えると、必ず相手にいい聞かせる。

「今度やったら必ず殺す。逃げても必ず探しだす。裏切りには死しかないってことを覚えておけ」

散々な目にあった手下は、そのことで仙次郎の呪縛《じゅばく》から逃げられなくなる。

伊太郎はこう思う。

赤蜘蛛の又兵衛が地獄の閻魔《えんま》なら、仙次郎は小閻魔だと。いずれにしろ又兵衛の命令を無視することはできない。

今日のうちに、三河屋の番頭・周兵衛を始末しなければならない。これは口封じである。周兵衛は博奕《ばくち》好きな男だった。かねてより三河屋に目をつけていた又兵衛は、周兵衛を引き込み役に使うことにした。

そこで、伊太郎が指図を受けて、賭場に出入りしている周兵衛に巧みに接近し、負けが込めば金を工面してやり、さらに女をあてがった。もちろん美人局《つつもたせ》だ。

あてがった女の男として、周兵衛の前にあらわれたのが仙次郎だった。周兵衛は仙次郎の脅しにふるえあがった。人を射殺すような冷たい目でにらまれ、口の中に匕首の切っ先を突っ込まれた。地獄の底から這い上ってくるような仙次郎の脅しの声に、がたがたふるえると、小便を漏らしただけでなく脱糞までしてしまった。

骨抜きにされた周兵衛の生きる道は、又兵衛から間接的にくだされる命令にしたがうことだった。ただ一度の命令にしたがうだけで、命が助かると思えば、どんなに世話になった恩人でも裏切らざるをえない。

そして、周兵衛は又兵衛の命令どおりに動いたのである。しかし、又兵衛にとって生かしておくのは得策ではない。もちろん、周兵衛が顔を知っている伊太郎と仙次郎にとってもよくないことだ。口封じのために闇に葬るのはしかたないことだ。

だが、伊太郎は自分の手で人を殺めることなどできない。これまで殺しは一度もやっていない。しかし、今回はやらなければならない。もし、周兵衛を殺せなかったら、自分が殺されるのだ。

伊太郎は考えた末に、岩造《いわぞう》という男を使うことにした。岩造は昔又兵衛の手下だったが、あまりにも目立つので、唯一又兵衛が見放した男だった。岩造は生まれつき口が利けないので、野に放っても問題ないと又兵衛は考えたのだ。

それに、岩造の残虐さには、伊太郎はおろか又兵衛も仙次郎も目をそむけたほどだった。

あるとき、裏切り者が出た。又兵衛はその裏切り者の制裁を岩造に命じたのだが、素手でなぶり殺しにしたあとで、石で頭をかち割って脳みそを手ですくって食ったのだ。さらに、匕首で腹を裂き、胃袋を手にして、にたりと笑った。

そのときのことは、いまでも伊太郎の脳裏に強く残っている。そんな男に会いに行くのだから、何度も躊躇うように足を止めた。

畦道には彼岸花が咲き乱れていた。半月ほど前には田の上を燕《つばめ》が飛び交っていたが、その姿はもう見られなかった。

伊太郎は大きく息を吸って、吐きだすと、勇を鼓《こ》して足を進めた。

めあての町屋はもうすぐそこで、掃きだめのような小さな町があった。町というより集落といったほうがいいだろう。うら寂れた長屋の木戸口に、生きているのか死んでいるのかわからない年寄りが座っていた。声をかけると、ゆっくり顔をあげ、白濁した目を向けてきた。

「岩造に会いたい。つないでくれるか」

年寄りはじっと伊太郎を見つめる。その目が何を訴えているか、すぐにわかった伊太郎は、懐に手を入れて小粒をつまんで年寄りにわたした。

年寄りは金をにぎりしめると、ゆっくり立ちあがって長屋の奥に歩いていった。

あたりには異臭が漂い、蠅が飛び交っていた。痩せて汚れきった犬と猫がよろけるように歩いていた。石をのせてある粗末な板葺き屋根には雑草が生えており、鴉がとまって「ゲェ、ゲェ」と奇妙な鳴き声をあげていた。

しばらくして岩造が長屋の路地からやってきた。

久しぶりに会う岩造を見て、伊太郎は喉の渇きを覚え、ごくりとつばを呑み込んだ。

五

岩造は五尺あるかないかの小太りだった。年齢は三十代なのか、それとも四十代なのか不明である。すり切れた藁草履《わらぞうり》に、膝切りの着物姿だ。

頭髪はなく右耳がつぶれたように変形し、左目の瞼《まぶた》が半分塞がっていた。ひしゃげた鼻に、ぶ厚い唇が赤かった。見ただけで、ゾクッと背筋が冷たくなる。

「頼みがある」

伊太郎は声をかけたが、声がふるえているのではないかと思った。

岩造は小さくうなずいた。

「ひとり殺ってもらいたいが、頼まれてくれるか」

岩造は少しの間を置いてうなずき、右手を差しだした。指全体がくの字に折れ曲がっていた。伊太郎はその掌《てのひら》に、二分金二枚を落としてやった。一両で殺しを請け負うことはわかっていた。

岩造はわたされた二分金を、奥歯で噛んだ。前歯は上下ともなく、奥歯しかないからだ。それから懐に呑んでいる匕首をちらりと見せた。承知したという合図である。

「今日のうちに始末をつけたい。ついてきてくれ」

伊太郎が歩きだすと、岩造は黙ってついてきた。すぐ後ろにいるのに、気配がしない。不気味なので、伊太郎は何度も岩造を振り返った。

浅草を抜けたとき、空からぽつぽつと雨が降ってきた。伊太郎は傘を買い求め、さらに岩造に簑笠《みのがさ》を買い与えてやった。それから手拭いで頬被りをさせ、横山町にある三河屋をめざした。

雨は地面をたたくほど強くなり、あっという間に通りに水溜まりを作った。遠くで稲光がし、雷が鳴った。両国広小路を抜けたが、雨のせいで閑散としていた。あいにくの天気で、町屋は普段になく暗かった。まだ昼下がりだというのに、夕暮れのような暗さである。商家の土間奥には行灯や蠟燭のあかりがあった。

伊太郎は三河屋の近くまで来て足を止めた。それから三河屋を見張れる茶店の縁台にいって腰を据えた。雨宿りをしている客がいたが、誰も二人には目もくれない。それほど二人は目立たないのだ。岩造は頰被りをし、簑笠を被ったままで、葦簀《よしず》の陰に身をひそめるようにして座っている。

伊太郎は三河屋に目を向けつづけた。町方の動きはない。三河屋で葬儀が行われているのはとうにわかっていることだった。もう、それもすみ、死者の野辺送りも終わっているようだ。

店は今日一日は休みだろうし、いまごろは精進落としをしているはずだ。小半刻もせずに、ひとりまたひとりと三河屋から出てゆく人の姿があった。みんな黒い喪服である。

伊太郎は表に出てくる人に注意の目を向けつづけた。周兵衛はなかなか出てこない。出てきたとしても、連れがあると困る。ひとりで出てきてもらわなければ、それだけ手間をかけることになる。

こんなことはさっさとすませたいと、伊太郎は切に思っている。

石町《こくちょう》の鐘が夕七つ（午後四時）を雨を降らす暗い空にひびかせた。雨脚は弱まっているが、当分やみそうになかった。やんだのは雷と稲妻だけだ。

市中の闇は一層濃さを増し、まさに夜の様相を呈してきた。早々と暖簾をしまう店があれば、料理屋や居酒屋が軒行灯に火を入れる。水溜まりがそのあかりを照り返した。

伊太郎が片眉を動かしたのは、それからすぐのことだった。番頭の周兵衛が表にあらわれたのだ。あたりを見まわし、番傘を開いて雨の中に進み出た。ひとりである。

（しめた）

心中でつぶやきを漏らした伊太郎は、岩造の膝を小さくたたいて合図をした。そのまま様子を見て立ちあがり、距離をとって周兵衛を尾けはじめた。

通りを行き交う人々は誰もが傘をさしており、人の目など気にしていない様子だ。それにもう夜の暗さである。

周兵衛はしばらく行ったところで、一軒の家を訪ねた。伊太郎は眉を曇らせた。周兵衛が訪ねたのは自身番だった。

どうしようか迷いながら、商家の軒下の暗がりに身をひそめて考えていると、周兵衛が再び表に姿を見せた。通塩町のほうに歩き、緑橋の手前を左に折れて浜町堀沿いの河岸道に出る。

伊太郎にはまっすぐ家に帰るのだとわかった。やるなら、家につく前でなければならない。あたりを見まわした。後ろにふたつの傘があった。

先のほうにある橋をわたる提灯がひとつ。その他に人の姿はない。周兵衛の家は、栄橋《さかえばし》の先にある久松町《ひさまつちょう》だ。もうあまり距離はない。二町そこらだ。

「岩造、前を行くあの男だ」

伊太郎は声をひそめた。岩造が周兵衛の背中を凝視する。

周兵衛はなで肩でやや猫背だった。提灯も持たずに喪服なので、闇に溶け込みそうである。伊太郎はもう一度まわりを見た。いつの間にか誰もいなくなっていた。

「岩造、まかせた」

伊太郎はそういうと、柳の下に置かれている屋台のそばに身をよせた。そのまま歩き去る岩造を見送る。その前には周兵衛の姿がある。

二人の距離がさらに縮まった。弱い雨は降りつづいている。岩造が周兵衛と肩を並べ、追い越していった。そして、すぐに振り返ると同時にふたつの黒い影が重なった。

伊太郎は、ふっと、短い吐息をついた。又兵衛の命令はちゃんとまっとうしたという安堵《あんど》感と、自分で手をかけたわけではないのに、人を殺したという後味の悪い感情が胸の内にあった。

岩造は周兵衛と一体になっていたが、そのまま堀のすぐそばに移動して、周兵衛を静かに堀川に沈めた。伊太郎はまわりを見た。人はいなかった。

六

一ツ目之橋のそばにある船宿・千石屋の二階にあがった又兵衛は、隅の席にいる長右衛門をすぐに見つけた。長右衛門も気づき、小さくうなずいた。

他に三組の客があった。酒を飲んでいる職人風の男たちと、密会中らしい男女、そして浪人ふうの二人組だった。

「何か知らせはあったかい」

又兵衛は長右衛門の前に座って訊ねた。

「まだ誰も来ません。この雨です。人探しはむずかしいんじゃないでしょうか」

まったくだと思う又兵衛は、暗い窓の外に目を向けた。降りつづく雨が、赤いあかりを受けていた。

「今日の今日見つけられるとは端から思っちゃいねえが、忌々しいことだ」

女中が来たので、酒を注文し、人目を避けるために衝立《ついたて》を立てるように命じた。

あばた面の若い女中は無愛想ながら、いわれたとおりに衝立を立ててくれ、一階に下りていった。

又兵衛と長右衛門はひとつだけ残っている金箱について話し合った。

「あれには七百両もはいっていません。手下への分け前を考えると、割が合いません。もし、盗まれた金箱を取り返すことができなきゃどうします」

「それが頭の痛《いて》ェところなんだよ。すっかり分け前をやっちまえば、なんのためにこれまで手間暇かけてきたのかわかりゃしねえ。かといって、分けなきゃ手下は離れていくだろう。そうなると、また仲間をかき集めるのが面倒だし、ひと苦労だ」

「まったくです」

「まさか、こんなことが起こるとは夢にも思っていなかった。おれとしたことがとんだしくじりだ。くそったれ」

又兵衛は扇子で勢いよく自分の膝をたたいて、言葉を足した。

「つぎの店を襲うには、まだ様子見が足りねえしなァ」

そこへ注文した酒が肴といっしょに運ばれてきた。

「じき、彦六がやってくるだろう」

又兵衛は長右衛門の酌を受けて、盃を口に運んだ。

彦六がやってきたのは、それから小半刻ほどしてからだった。雨に濡れた肩を手ぬぐいで拭きながら、そばに座り、わかりましたといった。

「誰だ？」

又兵衛は火盗改めが動いているのではないかと警戒していた。

「三河屋の一件を調べているのは北町の同心です。あっしらの尻尾をつかんでいる様子はありません」

彦六は声をひそめていう。

「何人の同心が動いている？」

「昨日まで二、三人いたようですが、いまはひとりだけのようです。もっともひとりといっても、町方は小者や岡っ引きを手先に使いますから、実際のところ動いているのは十人前後というところでしょうか」

それは十分考えられることである。岡っ引きは手先に使う下っ引きも動かしているはずだ。

「火盗改めは動いちゃいねえんだな」

「見あたりませんでしたね。もう少し様子を見なきゃはっきりしませんが……」

「例の野郎はどうだ？」

彦六は首を横に振って、わからないといった。

又兵衛はため息を漏らして、もう一度表の深い闇に目を向けた。今夜は何もわからないだろうという、あきらめの気持ちがあった。それでもいつもの強気な自分を取り戻して、

「今日がだめなら、明日には探してみせる。なあに、あきらめはしねえさ」

懐から出した人相書きを、指先ではじいて言葉を足した。

「明日の連絡場所は、ここじゃねえほうがいいな。同じところにいりゃあとあと面倒だ」

「それじゃどこにいたしやす?」

彦六が顔を向けてくる。

「まあ、そのことは向島に帰ってから考えよう。他のやつらの話も聞きてえことだし」

又兵衛が小魚の佃煮をぽいと口に入れたとき、足音を殺しながら伊太郎がやってきた。いつものかたい表情でそばにくると、

「番頭の件は無事にすましました」

と、報告した。

「首尾は上々なんだろうな」

「心配には及びません。この雨が手伝ってくれて、人目につかないようにうまくやりましたから……」

「よくやった。まあ飲みねえ」

又兵衛は伊太郎に盃を持たせて酌をしてやった。

「それで人相書きは手下にわたしてあるんだろうな」

「ぬかりありません」

「明日、遅くても明後日には野郎を見つけるんだ」

「へえ、うまくいきゃいいんですが、手下のはたらき次第です」

「明日はおめえも動くんだぜ」

「わかっておりやす」

又兵衛は酒を飲んで少し考えた。

「彦六、伊太郎。よく聞くんだ」

呼ばれた二人が身を乗りだしてきた。

「野郎を見つけたやつには礼をはずむ。分け前がそれだけ多くなるってことだ。そのことを明日の朝一番に手下に伝えるんだ」

そうすれば、怠け癖のある手下も目を皿にして探すはずだ。又兵衛はこういったところでケチなことはしたくなかった。気前のよさを見せるのも、頭の力量である。

「酒を飲んだら今夜は引きあげだ」

七

「引きあげる。今日はここまでだ」

洋之助が立ち止まって十内を振り返り、

「こんなことなら野辺送りの終わった三河屋の連中の調べをやっておけばよかった。見ろ、この足袋を。……ひぇー、びしょびしょだ」

と、嫌みなことをいう。

「調べには無駄がつきものだといったのは、どこの誰だ」

十内がいい返すと、洋之助が近づいてきた。そのままにらみを利かせる。

「おい、おれに文句をいうのは百年早《はえ》ェ。こっちに来たのはやらなきゃならねえことを後まわしにして、てめえのいったことを信用したからだ。え、そうじゃねえか、早乙女ちゃん」

「わかってんのか」

松五郎も洋之助のそばに来て肩をいからせる。十内は松五郎を一瞥《いちべつ》して、洋之助に目を戻した。

「それじゃ、こっちはもう調べないってことか……」

「そんなことをいってんじゃねえ。明日は松五郎と二人でこっちの調べをつづけるんだ」

「えっ、おれとこいつでですか」

松五郎があわてて目をまるくする。

「そうだ。行くぜ」

洋之助はそのまま歩きだした。てめえが余計なことというからだと、松五郎が十内に苦言を呈した。十内は首をすくめるだけだ。

その日、賊の手掛かりをつかむために聞き込みをやったのは、竪川沿いの町屋と河岸地だった。十内は知っている賊の隠れ家へ案内をしようかどうか迷いつづけていたが、どうせ行っても無駄だと推量していた。賊はすでに隠れ家を払って移動しているはずだ。

だが、舟で江戸を出ることはできない。洋之助はぬかりなく、中川の船番所の監視を強化させ、千住の河岸地に見張りを立てている。

陸路も考えられるので、各宿の大木戸にも見張り強化を要請していた。賊がその前に宿場を抜けていれば、あとの祭りであるが、十内はまだ江戸市中に留まっていると確信していた。なにより、賊の盗んだ金の半金を自分が奪い返している。

地団駄を踏んでいる賊は、きっとその埋め合わせをしようとするはずだ。そのためにあらたな盗みをはたらくかもしれない。

そんなことを考えながら歩いていると、いつの間にか両国東広小路までやってきていた。雨の夜だからか、広小路にある料理屋や居酒屋のあかりが寂しい。水溜まりが、軒行灯の光を弱々しく照り返していた。

「早乙女ちゃん、明日の朝、横山町の番屋に顔を出してくれるか。何かわかったことがあるかもしれねえからな」

大橋に差しかかったところで洋之助がいった。

「何刻ごろ行けばいい？」

「五つには番屋で茶を飲んでいる」

洋之助は仕事熱心なことをいう。

「わかった。その時刻に行くことにする」

大橋をわたり、両国西広小路を抜けたところで、十内は洋之助と松五郎と別れた。

雨は小降りになったが、しとしとと降りつづいている。提灯を持たない十内は、足許のぬかるみに気をつけて家路についたが、馬喰町に入ったところで、背後に人の気配を感じた。立ち止まってゆっくり振り返る。そのまま目を凝らすが、不審な影は見えなかった。

（気のせいか……）

そう思ってまた歩きはじめたが、再び人の目を感じた。

（もしや、賊では……）

今度は振り返らずに相手の出方を待つことにし、そのまま歩きつづけた。わざと自宅屋敷から離れる。五感を研ぎすまして、背後に神経を集中する。

しばらく歩くと気配がうすれた。やはり気のせいだったかと思いなおす。しかし、今度は別の考えが浮かんできた。

賊の盗んだ金は半金だけになっている。その埋め合わせをするために、あらたな盗みをはたらかずに、自分を探しているとしたら……。

（もし、そうならおれが狙われるということか……）

まさかと内心で否定するが、十内は賊一味に顔を知られていることを思いだした。自分のことを知っている男が、少なくとも三人はいるのだ。

（ありえるかもしれない）

十内は顔をこわばらせた。それからもう一度背後の闇に目を向けた。鼓動がいつになく速くなっているのを感じた。

もし、自分が狙われるようなことがあるなら、金箱をどこかに隠さなければならない。もちろんいまの段階で三河屋には持ち込めない。もし、そんなことをすれば、真っ先に自分が疑われるのは火を見るよりもあきらかだし、面倒なことになる。

ならばどうするかと十内は考える。隣に住む由梨とお夕の顔が浮かんだが、すぐにその考えを振り払った。信用ができ、話のわかってくれる人間でなければならない。

実家のことを考えてみたが、口うるさい母親とものがたい父親のことを考えると、気が重くなる。ふと、ひとりの男の顔が脳裏に浮かんだ。

（あの人だったらいい）

十内はさらに遠回りをして自宅屋敷に帰った。十分に注意をしたし、不審なものに尾けられた気配はなかった。

玄関にはいると、大きく息を吐きだした。それから奥座敷に急いで行き、金箱が無事なことをたしかめ、明日の朝早くこの金を移そうと考えた。

その夜、深い眠りについた十内だが、翌朝早くたたき起こされることになった。

「起きろ、早乙女！　起きろ！　いねえのか！」

どんどんと激しく玄関の戸をたたき、声を荒らげているのは松五郎だった。

十内が眠い目をこすりながら戸を開けると、

「おい、殺しだ」

と、松五郎が血相変えて告げた。

第四章　罠

一

家を出た十内は、駆けるように歩く松五郎を追った。昨日と同じ地味な着流し姿だ。まだ日が昇って間もない時刻で、長屋の路地から魚屋の棒手振《ぼてふり》が出てくれば、納豆売りが代わりにはいっていく。

早出の職人の姿もあるが、まだ通りを歩く人の数は少ない。

「殺されたのは誰だ？」

「行きゃわかる」

松五郎は勿体《もったい》をつけているのか、それとも知らないのかわからない。

「殺しがあったのはどこだ？」

「はっきりしたことはわからねえが、栄橋のそばだ。浜町堀に浮かんでいたのを、木戸番の番太郎が見つけたってことだ。おれもよくはわからねえんだ。旦那がおまえを連れてこいっていうからよ」

十内は松五郎といっしょに浜町堀沿いの河岸道を急いだ。

行ったのは久松町の自身番だった。

「おう、こっちだ」

自身番の裏から洋之助があらわれて、顎をしゃくった。十内と松五郎は洋之助が示す火の見櫓《やぐら》の裏にまわった。

死体には筵《むしろ》がかけてあり、洋之助といっしょに三河屋の手代冬吉が立っていた。

「早乙女ちゃん、やっぱり昨日はしくじったぜ。殺されたのは三河屋の番頭だ」

「なにッ」

十内は洋之助を見てから、死体のそばにしゃがんだ。そのまま筵をめくった。

死体は喪服を着たままである。脇腹を深く刺されていた。

「喪服だから、もしやと思って三河屋の手代を呼んでみると、案の定そうだ。周兵衛という番頭だよ」

十内は洋之助のそばに立つ冬吉を見た。

「昨日野辺送りが終わってお帰りになるまで、番頭さんはお元気だったんです。まさかこんなことになるとは……」

冬吉は目を真っ赤に腫《は》らしていた。

「最後に番頭を見たのはいつだ？」

「野辺送りが終わって精進落としを店でやったあとです。夕七つは過ぎていましたが、はっきりした時刻はわかりません」

十内はふっと息を吐いて立ちあがった。

「口封じだろうな」

洋之助が十手で肩をたたきながら、まぶしそうに目を細めた。

「賊の手引きをしたのがこの番頭だったと……」

「そう考えるのが常道だろう。店は戸締まりをしっかりしてあったんだ。誰かが手引きしなきゃ賊ははいることができなかった。だが、番頭だったらそのかぎりじゃない。賊が入る日に、表戸に細工をしていたのかもしれねえし、番頭は店に残っていたのかもしれねえ」

「店に残っていたら、他のものが知っているはずだ」

「そうともかぎらねえさ。三河屋は広い。空いている部屋もあるらしい」

十内はほんとうかと、手代の冬吉を見た。

「ひとつ空き部屋があります。普段は誰も使いませんし、めったにはいることはありませんから……」

「早乙女ちゃんよ。やっぱり昨日はおまえさんに付き合って損をしたぜ。真に受けたおれが馬鹿だった。向こうの番屋で調べをしておきゃ、この番頭から話が聞けたんだ。この番頭は家に帰る前に、横山町の番屋を訪ねてもいる。おれの呼びだしを受けていたからだ。それが、この始末だ」

「番頭が賊とつながっていたというのはわかっているのか」

「おい」

松五郎がにらんできたが、十内は無視して言葉を継いだ。

「賊の口封じだと決めつけるのは、まだ早いだろう」

そういう十内だが、無駄な反論だろうと思っていた。洋之助がいうように、賊の口封じというのは十中八九あたっているはずだ。小さな反撃は、番頭が殺されたのは、さもおまえのせいだといわんばかりの口調に腹が立ったからだった。

「決めつけるのはたしかに早いだろうが、これで賊の尻尾をつかみやすくなったということもある」

洋之助はそういって、自身番の表に歩いていった。十内は冬吉を一度見て、洋之助のあとを追った。

「服部さん、おれはどうすればいい」

自身番の前で声をかけると、洋之助が振り返った。

「番頭の死体を見つけた番太郎の口書きを取ったら横山町の番屋に行く。そっちで待っていろ」

十内は空を見あげた。昨日の雨はすでにあがっていて、まっ青に晴れわたっていた。

金箱を移動させなければならないが、それは後まわしである。横山町の自身番に行く前に、近くの飯屋で簡単に朝餉《あさげ》をすますことにした。

気になっていることがいくつかあった。まず、赤穂藩上屋敷に入った賊のことを、探っている孫助のことだ。どこまで調べられたか、その結果を聞きたい。

それと、自分だけが知っている賊一味のその後の行方である。江戸を出ていなければ、連中は本所界隈にひそんでいるような気がする。

それから昨夜のことである。気のせいだったかもしれないが、やはり尾けられたのではないかという思いが強くなっていた。洋之助がいうように、三河屋の番頭・周兵衛が口封じのために殺されたのなら、賊の仲間はこの界隈にひそんでいたのだ。

（その賊が、自分の顔を知っている男だったら……）

十内は羅漢寺そばの隠れ家で戦った三人の男たちの顔を脳裏に浮かべた。

周兵衛という番頭を殺したのが、あの三人のうちのひとりだったらどうなる？

十内はあれこれ推量しながら朝餉をすませて、横山町の自身番にはいった。

洋之助の小者二人がやってきたのは、それからすぐのことだった。がに股の弁蔵と、ぎょろ目の乙吉である。

二人ともお手上げだという顔で、賊の手掛かりはなにもつかめていないといった。

それからほどなくして、洋之助がやってきた。

「だったらそっちはあとだ」

自身番にはいった洋之助は弁蔵と乙吉の話を聞くと、そういって言葉を継ぐ。

「番頭の周兵衛が賊につながっていたとすれば、どこかで尻尾をつかまえられるはずだ。おまえたちは周兵衛の家に行って、家のものと近所の連中から周兵衛についてわかるだけのことを徹底して聞いてこい」

弁蔵と乙吉はすぐに出ていった。

「おれは三河屋で周兵衛の身辺を探るが、松五郎と早乙女ちゃんは昨日いったとおり、本所で聞き込みだ」

「それでいいんで……」

松五郎だった。

「他になにかあるか」

「いえ」

「早乙女ちゃん、おれも一晩考えてな。やっぱりおめえさんのいうことを、捨てちゃならねえと思ったのよ。おめえさんのせいで足踏みをしてる按配だが、周兵衛が賊とつながっていたという証拠が出りゃ大きな手がかりをつかめるはずだ。だが、そうでなきゃおめえさんに振りまわされたということになる。そう思われたくなかったら、何か見つけてこい。そうすりゃ、目こぼしの金は返してやる」

十内はじっと洋之助をにらむように見た。妙に腹が立っていた。賊のことを含めていいたいことはいろいろあったが、腹立ちを必死に抑えた。

振り返って考えれば、あの晩、賊が三河屋にはいる前に、ちょっとした知恵をはたらかせておけば死人は出なかったのだ。それが自分のせいで、最悪な事態になっている。

「わかった。そうしよう」

二

伊太郎は懐に十内の人相書きを忍ばせて、両国橋をわたった。それから両国西広小路の雑踏にまぎれ込み、周囲の人間に目を向けていった。

人相書きにある男はなかなか見つからない。広小路にはいろんな音が渾然《こんぜん》一体となっている。笛や太鼓の音、あらゆる呼び込みの声、そして客をよせる大道芸人たちの声。

秋空に映える芝居小屋の幟《のぼり》がはためいている。

「……こんな切り傷もたちどころに治る」

蝦蟇《がま》の油売りが刀を振りあげて見得を切れば、南京玉すだれの芸に感心する客が拍手を送っている。

めかし込んだ町娘がちゃらちゃらと歩いている。徒党を組んで歩く勤番侍、相撲取りが通れば、杖をついた盲目の老人がうろうろしている。

小半刻ばかりそんな雑踏にいた伊太郎は、米沢町に入った。それから生薬屋の角を曲がって、空き店の前で歯磨き粉を売っている男に近づいていった。

相手も伊太郎に気づき、顔をあげた。善吉《ぜんきち》という手下だった。頭の又兵衛のことは知らない三下《さんした》だ。

「これはちょうどようございました」

善吉が先に口を開いた。

「何かあったか？」

「へえ、それが昨夜のことなんですがね、この人相書きの男を見たような気がするんです」

「なに……」

伊太郎はしゃがみ込んで、座っている善吉に顔を近づけた。

「似ていただけかもしれませんが、やけに背の高い男でしてね。居酒屋の軒行灯のあかりを受けた横顔を見たんです。昨夜は雨も降っていましたし、その男は傘をさしていたんでよく見ることはできなかったんですが、そんな気がするんです」

「そいつはどこに行った？　尾けなかったのか？」

「へえ、ちょいと尾けてみましたが、相手は二本差しだし、人違いだったら斬られるんじゃねえかと怖くなっちまいまして……」

伊太郎はチッと舌打ちをして、

「その野郎がどこへ行ったかはわからねえってことか……」

と、通りの向こうにある商家の暖簾を見た。手桶を持って出てきた丁稚が、水を撒《ま》いて引っ込んだ。

「尾けたのは馬喰町からで、橋本町にある稲荷《いなり》のそばまで行ったんですが、そいつは豊島町のほうへ行きました。夜も更けていたんで、家に帰るところだったんだと思います」

「それじゃ豊島町のあたりに住んでるかもしれねえってことか……」

「さあ、それはわかりません。もっと先かもしれません」

伊太郎は下唇を噛んで少し考えた。

探している男だという確証はないが、あたりはつけなければならない。

「善吉、この辺にいる仲間に豊島町界隈に目を光らせておくようにいっておくんだ」

「へえ、それでももし探している野郎だったらどうします？」

「住んでるところを見つけるんだ。それだけでいい」

伊太郎は指図をすると、もう一度両国西広小路の雑踏にまぎれた。今度は周囲の人間には見向きもせず、人波を縫うように足を急がせた。

この近所には善吉のような下っ端が三人いた。善吉のようにしがない物売りをしたり、日傭取《ひようと》りをやっているものばかりだ。四人もいれば、善吉のいう男はすぐに見つけられるだろう。そして、人ちがいであったとしても、このことは又兵衛の耳に入れておかなければならなかった。

伊太郎は今日の連絡場になっている店に急いだ。連絡場は昼までは、回向院《えこういん》裏の一膳飯屋で、昼からは二ツ目之橋にある「大和屋」という船宿だった。

又兵衛は「森本」という一膳飯屋の入れ込みの隅で、足を投げだして茶を飲んでいた。回向院裏にある粗末な店で、主にはたっぷり鼻薬を効かせてあった。もちろん、主は又兵衛らが何者かは知らない。

「お頭、金箱を取り返せなかったときのことも、真剣に考えておいたほうがよいんじゃありませんか」

又兵衛といっしょに手下らの報告を待っている長右衛門が低声でいった。大きく禿げ上がった額が、格子窓から差し込む弱い日の光を受けていた。

「そりゃあいわれるまでもなく考えてるさ。だが、まだ支度が足りねえ。ケチな押し込みならいくらでもできるが、それじゃ町方や火盗改めに目をつけられるばかりで、懐にできる金も高が知れてる。やるなら大きな山だ」

又兵衛のいう〝山〟とは、仲間内の隠語だった。山は商家だったり、金持ちの旗本と決まっていた。

「そりゃわかっちゃいますが、もし取り返せなかったら、手下の分け前を考えると、割が合わなくなります。つぎの支度金を頭に入れて算盤をはじけば、手許にはいくらも残りませんからね」

金銭出納をまかせている長右衛門は細かいことをいうが、それは又兵衛にもわかっていることだった。昨夜、残っている金箱の金を勘定させたが、六百五十余両しかなかった。

これまで支度にかかった経費などを考えると、儲け金はいくらもないし、つぎの山に取りかかる金に事欠く。

大きな山をねらう場合、又兵衛は十分な下調べを行い、押し込みに必要な人間を揃《そろ》え、ときには仲間を先方に送り込む。支度から押し込みまで一、二年かかるのが普通であるから、その間の生計のことも考えておかなければならないのだ。

「そうだな」

と、又兵衛はつぶやくようにいって言葉を足した。

「だが、しばらく様子を見て先のことは考える。つぎの山に手をかけるかどうかは、それ次第だ。あの金箱が戻ってくりゃなにも心配することはねえんだが……」

又兵衛は切れ長の目を光らせて、ゆっくり煙管を口にくわえた。

そのとき、伊太郎が店にやってきた。一度店を見まわして、すぐに又兵衛と長右衛門に気づき、急ぎ足でそばにきた。

「なにかあったか？」

「へえ、善吉って手下が昨夜あの野郎に似た男を見たというんです。なんでも馬喰町から豊島町のほうへ行ったらしいんですが、行き先は突き止めちゃいません」

又兵衛は長右衛門と顔を見合わせて、伊太郎に目を向けなおした。

「それで、善吉とやつの仲間にあの界隈を見張らせる手はずをしてきやした」

「すると豊島町あたりに野郎がいるかもしれねえってことか……」

「はっきりそうだとはいえませんが……」

「善吉って野郎のいったことを詳しく聞かせろ」

伊太郎は善吉から聞いたことをありのまま話した。

「すると、金箱を盗んだ野郎は豊島町に住んでいるかもしれねえが、もっと先の町屋に住んでいるってこともあるわけだ」

独り言のようにつぶやいた又兵衛は、考える目を宙の一点に据え、豊島町のあたりの地図を頭に描いた。

豊島町は柳原通《やなぎはらどお》りに近い。神田川をわたれば佐久間町《さくまちょう》だし、豊島町を抜けて西に行けば八ツ小路《こじ》だ。その間にも町屋がある。

「伊太郎、彦六と清水さんを探してそっちに行かせろ。おめえも豊島町を中心に探りを入れるんだ。もし見つけたら……」

又兵衛はそこで「いや待て」と、いって少し考えた。金箱を盗んだ男は、おそらく清水源七郎の顔を知っているはずだ。先に気づかれると逃げられる恐れがある。仙次郎と栄次もそうだ。すると、誰がいいかと考えて言葉を継いだ。

「清水さんじゃねえほうがいい。ここはおれがじかに出張《でば》ろう」

「お頭が……」

伊太郎は驚いた顔をした。長右衛門も呆気《あっけ》にとられた顔をして、

「お頭、もし町方に出くわしでもしたら」

と、又兵衛に体を向ける。

「おれのことは知られていねえはずだ。なに、かまうこたァねえ。それに手下にばかり苦労させちゃ、頭としての示しもつかねえ」

又兵衛は唇に薄い笑みを浮かべて、刀をつかんだ。

三

十内は孫助に会っていた。いつもの飯屋「栄」ではなく、三河屋の近くにある茶店だった。

「ま、そんなわけで、藩の目付かご公儀の目付に聞かなきゃどうにもなりませんで……」

孫助は両眉をたれ下げ、情けない顔をする。赤穂藩に押し入った賊のことはなにもわからなかったのだ。人数さえも。

「だけど、近所の噂は聞いてきました。眉唾《まゆつば》かもしれないんで、役に立てるかどうかわかりませんが……」

「聞かせてくれ」

「赤穂の殿様はずいぶん若いそうで、ご家老があれこれ国の面倒を見ているってことなんです。ところが国許の台所は相当苦しいようなんで、江戸屋敷にそれを訴えに来た家臣の侍の仕業だったんじゃないかと……つまり、赤穂森家のゴタゴタ騒ぎだったんじゃないかというんです」

十内はそんなことを知りたいわけではないが、耳を傾けていた。

「なんでも医者に運ばれた怪我人が、仲間内で起こした騒ぎだったようなことを口にしたとかしないとかってことで……」

「ふむ」

十内は気のない返事をして、空を舞っている鳶《とんび》を見あげた。

「先生、役に立ちませんでしたか……」

孫助が心細い顔を向けてくる。この男は、二本差しの侍なら誰でも「先生」と呼ぶ。

「いや、そんなことはない。ただ、三河屋を襲った賊とは別だったというわけだ」

「噂を聞いたかぎりじゃそうなります」

「いいだろう。孫助、また何かあったら助をしてくれ」

十内は孫助に酒手をにぎらせて茶店を離れた。

とんだ道草になったと、そのまま本所に向かった。赤穂藩の騒ぎと、三河屋を襲った賊がつながっているかどうかは不明だ。だが、十内はその真偽を知りたいと思った。もし、調べている目付が何かを知っていれば、三河屋の賊を一網打尽にすることができるかもしれないのだ。もっとも、まったく無関係であれば、単なる徒労になる。

とにかく松五郎と合流するために十内は足を急がせた。大橋をわたり本所に入ると、竪川沿いの道を東に進む。深編笠の陰になっている目を周囲に配り、先日会った賊の仲間がいないかと鷹の目になる。

深編笠を被っているのは、自分を知っている相手に気づかれないためである。もっとも賊がこの辺をうろついているかどうかはわからないが、注意を怠るわけにはいかない。

松五郎を見つけたのは、本所花町《ほんじよはなちよう》だった。

「どこ行ってやがったんだ。おれひとりに調べをまかせておいて、ふてえ野郎だ」

十内の顔を見るなり、松五郎は毒づいた。

「野暮用だ。それで、なにかわかったか？」

「なにが野暮用だ。まだ、なにもわからねえよ。あの晩、舟を見たってやつもいねえ。おい早乙女、おめえが聞いた坊主だが、どこの寺の坊主かわからねえのか」

「それがうっかり聞き忘れちまったんだ」

「けッ、役に立たねえ野郎だ。二人いっしょじゃどうしようもねえ、おめえは向こう岸の町屋をあたれ。こっちの河岸道はおれがやる」

松五郎はえらそうに指図するが、十内はなにもいわずにしたがった。手分けして聞き込みをしたが、あの夜のことを一番知っているのは十内である。聞き込みにはあまり熱が入らなかった。気になるのはおいてけ堀のそばにある賊の隠れ家のことだ。十内が金箱を盗んだ家だ。

もっともこれから行っても、なんの手掛かりも得られないだろうというあきらめた気持ちもあるが、たしかめるだけたしかめてみたい。

昼前に横十間川《よこじっけんがわ》に架かる旅所橋《たびしょばし》で松五郎に再び落ち合うと、近所の飯屋にはいって聞き込みの成果を話しあった。

「それじゃなにもなしか。まったく埒が明かねえな」

松五郎はがっつくように飯を食い、みそ汁をすすり込む。

「まったくさっぱりってことはないさ」

「どういうことだ？」

松五郎が上目遣いに見てくる。

「そばにおいてけ堀がある。その界隈で見慣れない男たちを見たというものがいた」

「ほんとか……」

松五郎は単純である。箸を置いて、口のあたりをぬぐい、そこに行ってみようじゃないかと応じた。

飯屋を出ると、南本所瓦町《みなみほんじょかわらちょう》の町屋を抜けて、おいてけ堀に向かった。

「おまえ、なぜ岡っ引きになった。服部さんから手札をもらったのにはわけがあるだろう」

「そんなこと聞いてどうする？」

松五郎は無粋な顔を向けてくる。

「どうもしねえが、気になっただけだ。どうせ、目こぼしを受けてのことだとは思うが、まさかこそ泥をやってたってんじゃないだろうな」

「ふざけるなッ。こそ泥なんかするかってんだ」

「それじゃどうしたわけだ」

「喧嘩《けんか》だよ」

松五郎はふて腐れた顔で、道端の木の葉を引きちぎった。

「おりゃあ鳶《とび》をやっていたんだが、仲間が町のやくざもんにいたぶられて仕返しに行ったんだ。そこで大立ちまわりをしたのはいいが、それがいけなかった」

十内は黙って松五郎を見た。おいてけ堀のすぐそばまで来ていた。

「相手が悪すぎた。やくざといっても町の与太公だと思っていたが、後ろにでけえ博徒一家がついていたんだ。それでごたついたときに、服部の旦那が間に入ってくれて、うまく話をつけてくれた」

「ふーん、そういうことか」

「命を削ることをするんなら、おれについて命を削ってみちゃどうだといわれたんだ。博徒一家が出てきたとき、鳶の親方はそれにぶるって、おれをお払い箱にしたんで、おれは旦那の厄介になることにしたんだ」

「いまもそうだが、昔はさぞや威勢がよかったんだろうな」

「生半可じゃなかったさ」

「曲がったことが嫌いなんだろう。生粋《きっすい》の江戸っ子気質《かたぎ》ってやつか……」

少し持ちあげてやると、松五郎は「でへッ」と妙に照れた顔をした。柄に似合わずうぶなところがあるのだ。

十内はわざとまわり道をして、件《くだん》の家に向かった。この前待ち伏せをされたという経験があるので、まわり道には周囲を警戒する意味合いもあった。

「あの家じゃないか」

とうにわかっていたことだが、十内はわざと気づいたような口ぶりでいう。松五郎は調べてみようと即座に応じる。

件の家は夜だったせいでよくわからなかったが、どこにでもある百姓家だった。庭に茱萸《ぐみ》の木や枇杷《びわ》といった、実のなる木があり、柿の木には青い実がたわわになっていた。

家の中は思ったとおり、がらんとしていた。生活臭はなく、まったくの空き家状態だ。天井の隅には蜘蛛の巣があり、蟬と蛾《が》の残骸があった。十内は奥座敷を見てまわった。

「なにもねえぜ。ただの空き家じゃねえか」

土間奥から松五郎の声がしてきた。そのとき、十内は座敷の隅に落ちていた手ぬぐいを手にした。手ぬぐいには屋号が書かれていた。

〈浅草花川戸《あさくさはなかわど》　せんべい　甚八《じんぱち》〉

賊が置き忘れていったのか……。すると、賊の誰かが煎餅《せんべい》屋・甚八に出入りしていたのかもしれない。十内は手ぬぐいを懐に押し入れた。

松五郎が障子を開けて、十内のいる座敷にやってきた。

「なにかあったか？」

「いや、なにも……」

四

又兵衛は伊太郎の紹介で、はじめて善吉という男に会った。

「歯磨きを売ってるんだってな」

「へえ」

善吉は又兵衛に気圧《けお》されているのか、びくびくしていた。馬喰町にある煮売り酒屋だった。昼間から酒を飲ませる小さな店で、簡単な食事もできるようになっていた。客の多くが近所の町人で、店は表通りから二筋奥に入ったところにあった。

「儲かってるかい？」

「ひとりで食うのがやっとってとこです」

「それじゃ独り者ってわけか。おれについてくりゃ、そのうちいい商売ができるようになる。元手はすぐにできるさ」

「そうできりゃ、御の字です」

善吉はお願いしますというように、へいこらと頭を下げる。

「よくはたらいてくれりゃすぐだ」

「へえ」

善吉は痩せたなで肩の男で、目つきだけが油断ならなかった。又兵衛はそんな善吉をちらりと見て、この男は三下で終わりだと直感で思った。自分がいっしょに連れ歩く男にはできない。

「おれはここにいる。例のやつを探しに行ってこい。見つけたらすぐ、ここに飛んでくるんだ」

「わかりやした」

善吉が店を出てゆくと、又兵衛は窓の外を眺めた。向かいの家の屋根越しに暮れた空が広がっている。雲は茜色《あかねいろ》に染まり、障子には衰えた日の光があたっていた。

店の主にはたっぷり鼻薬を効かせてあるので、なにも注文しなくても又兵衛はゆっくりできた。たまに痩せたおかみが、茶を入れ替えに来たり、茶菓子を持ってくるという気の遣いようだ。それがうるさくなり、又兵衛はひとりで考え事をしたいからかまうなといっておいた。

狭い入れ込みの隅に座っている又兵衛は、これからのことを考えた。そして、仲間にも教えていないちょっとしたことを仕掛けていたが、それに相手が食いついてくるかどうかも楽しみにしていた。

そして、少し安堵もしていた。半刻ほど前に彦六がやってきたのだが、町方はまだ三河屋の一件について何もつかんでいないといったのだ。もちろん、自分たち賊のことはまだわかっていないという。

すると、金箱を盗んだのは食い詰め浪人だったのかもしれない。そう考えるのが妥当のような気がする。

又兵衛の密偵をやっている彦六は、情報を集める達人だった。ときに思いもよらぬことを聞きだしてくるし、そのことごとくが核心をついていた。そのことで又兵衛たちは、何度も危難を逃れてきた。

しかし、今度ばかりは金箱を盗んだであろうあの男のことがさっぱりわからない。

盗んだ金を盗まれる。

盗人にとって、これ以上の屈辱はない。それゆえに、又兵衛は憤懣《ふんまん》やるかたないし、どうしても許すことができない。なにがなんでも男を探しだし、血祭りにあげるとかたく心に誓っていた。

衰えていた日はさらに弱くなり、町屋が暗く翳ってきた。店のおかみは軒行灯に火を入れにゆき、そのついでに何か持ってこようかという。

「酒を一本つけてくれ。それだけでいい」

そう応じると、気を利かせて茄子の煮浸しを肴にと、酒といっしょに運んできた。心付けを弾んでいるので、愛想がいい。そのうち、客がひとり二人とはいってきて、徐々に店が忙しくなった。近所の職人連中ばかりだ。

又兵衛はあまり顔を知られたくないので、ひっそりと仲間の知らせを待つ。伊太郎がやってきたのは、暮れ六つ（午後六時）前だった。

どことなく気色ばんだ顔で、そばにやってくると、低声でささやいた。

「やつに似た野郎を見つけました。いえ、きっとあの男です」

「どこにいやがる？」

「三河屋のそばにある小料理屋です」

「三河屋のそばだと……」

又兵衛は顔をしかめた。

「善吉が見張っていますが、野郎には連れがいます。どうします？」

「連れなんかどうだっていい。案内しろ」

又兵衛は伊太郎と店を出ると、横山町の通りに出た。すでに夜の帳《とばり》はおりており、満天に星が散らばっていた。

「それじゃおれは手先のやつらに会わなきゃならねえから先に行くぜ」

「ああ、ご苦労だった。勘定はおれが払っておく」

「気前がいいじゃねえか。それじゃ悪いが、ゴチになるぜ」

十内は店を出てゆく松五郎を見送って、酒に口をつけた。一日中実りのない聞き込みをしていたので疲れていた。

一杯やらないかと松五郎を誘ったのは、十内の気紛れでもあったし、いつも敵愾《てきがい》心《しん》を剥きだしにする松五郎のことをもう少し知りたいと思ったこともあった。

強情で鼻っ柱の強い男だというのはわかっていたが、案外真面目なところがある。とくに服部洋之助に対しては忠実な男だ。

いまも手先に会うといって帰ったが、自分の使っている下っ引きの調べを聞くためである。そんな松五郎に感心する十内も、これから浅草花川戸まで足をのばそうかと頭の隅でちらりと考えた。

おいてけ堀の家で拾った手ぬぐいを出して眺める。

(煎餅屋　甚八か……)

どうしようかと窓の外を眺める。すでに表は暗くなっている。煎餅屋は店を閉めているだろうし、主が別のところに住んでいれば無駄足になる。

(明日の朝でもいいだろう)

十内はそう思い決めて、酒をなめるように飲んだが、あまり進まない。茶漬けを食べてそうそうに帰ることにした。

五

「あいつです」

善吉が声をひそめて、小料理屋から出てきた男を凝視した。

隣にいる又兵衛は、軒行灯のあかりを片頬に受けた男を眼底に刻みつけた。なるほど背の高い男である。それに着流しの浪人風情だ。片手に深編笠を持っていた。

「どうしやす？」

伊太郎がささやき声で、又兵衛を見た。三人は茶問屋の軒下にある天水桶のそばにいるのだった。小料理屋を出た男は、馬喰町のほうに歩き去った。

「尾ける。おめえたちは、おれから離れてついてきな」

伊太郎は暗がりから出ると、急ぎ足で横山町の通りを横切り、男が辿《たど》った道に入った。先のほうに男の背中が見えた。用心棒として雇っている清水源七郎も背が高いが、男もかなり背が高い。

（これじゃ見失うことはねえな）

又兵衛は腰に差している刀の鯉口を切った。腰の刀は長脇差《ながわきざし》ともいえるし、大刀ともいえた。長脇差はおおむね一尺九寸までの刀の呼称だが、又兵衛のは大刀に近い二尺一寸の長さがあった。自分の身の丈に合わせて、こしらえた代物だった。

又兵衛は馬喰町に入ったところで男との距離を詰めた。尾行に気づかれた素振りはない。男はのんびりした足取りだ。

（それとも酔っているのか……）

酔っていれば好都合である。清水源七郎と仙次郎は手を焼いたようだが、酔った相手に負ける気はしない。だが、殺すより先にまずは金をどこに隠したか、それを聞きださなければならなかった。斬り合いになっても、ひと思いに殺してはならない。

男は馬喰町の通りを西に進み、すぐ左に折れた。その先は橋本町だ。又兵衛は背後を振り返った。距離を置いてついてくる伊太郎と善吉の黒い影があった。

又兵衛はさらに距離を詰めた。そのとき、横町から出てきた女が、男とぶつかりそうになって、小さな悲鳴をあげた。

「おっと、気をつけるんだぜ」

男が宥《なだ》めるようにいえば、

「なんだい、あんたこそ気をつけて歩きなよ」

と、女は鼻っ柱の強いことをいう。男はひょいと首をすくめて女を振り返った。

そのとき、又兵衛は自分と視線があったような気がした。

だが、前を向いて歩く男の足取りは変わらなかった。


十内は横町から飛びだしてきたおかみとぶつかったあたりで、妙な胸騒ぎを覚えた。誰かの視線を背中に感じるようになったのだ。それも強い視線である。

五感を研ぎすませ、背後に神経を集中すると、やはり尾けられているとわかった。こういったとき人間は敏感になる。生まれ持った勘がはたらくのだ。もっとも恐怖感のなかでの勘違いというのもあるが、そうではないと十内にはわかった。

（いったい誰が……）

十内は先夜の尾行者かもしれないと思った。しかし、ちがうと否定する。いま自分を尾けている尾行者には、ただならぬ殺気を感じる。

まっすぐ家に帰るのはまずいので、浜町堀に架かる土橋《どばし》をわたり、さらに幽霊橋をわたった。尾行者の気配は消えない。

しばらく行ったときだった。突然の声に、十内ははっとなった。

「あ、早乙女さーん」

という大きな声がしたのだ。そっちを見ると、さげている提灯のあかりを受けている由梨とお夕の二人が立っていた。

これはまずいと思った十内は、避けるように足を急がせ、路地に飛び込んだ。由梨とお夕の声が追いかけてくる。

「早乙女さん、どこに行くの?」

「早乙女ちゃーん、なにしているのよぅ……」

どっちがどっちの声かわからないが、十内は路地を抜けた。さっと背後を見ると、闇に溶け込んだ黒い男の姿があった。

尾行者は自分の尾行を気づかれたと悟ったようだ。その証拠に足を速めて間合いを詰めようとしている。

尾けられるものの心理で、十内の足は自然に速くなった。それに暗がりの狭い路地ではまともに戦うことはできない。

十内は逃げるようにさらに足を速めた。相手が何者であるかたしかめたいし、由梨とお夕が追ってきはしないかと、そっちも心配になっていた。

右へ左へと曲がり、岩本町《いわもとちょう》の弁慶橋《べんけいばし》のそばまでやってきた。近くに大きな榎《えのき》のある空き地があった。振り返ったとき、尾行者が一気に間合いを詰めてきた、腰の刀が引き抜かれ、脇構えになった。

十内は素早く刀を抜き、尾行者の一撃を下からすりあげるようにしてはね返した。相手は一間半ほど飛びすさって、青眼に構えなおしたと思ったら、すかさず斬り込んでくる。十内は横に払い落として、前に飛びながら相手の肩を狙って刀を振った。相手は半身をひねって片手をつきながら、十内の斬撃をかわすと、大きくさがって間合いを取った。

「てめえ、早乙女というんだな」

男の顔は暗い闇が邪魔をして黒いだけである。十内は黙っていた。

「なにゆえ、斬ろうとする。ただの辻斬りとは思えないが……」

十内は静かに間合いを詰める。相手は警戒するように横に動いた。

「名を教えろ」

黒い影は無言だった。総身にまがまがしいほどの殺気を漂わせている。

「何者だ？　おれは人に斬られる覚えはない」

「そうかい……」

黒い影は少し笑ったようだった。そして、言葉を継いだ。

「てめえには教えてもらわなきゃならねえことがある」

「なにをだ……」

十内がそういったとき、近くに足音がしてふたつの影があらわれた。

「逃がすんじゃねえぜ」

黒い影が指図すると、あらたなふたつの影が刃物を抜いた。ひとりは匕首のようだ。もうひとりは長脇差だと知れた。

十内は背後の二人に警戒しながら横にまわった。頭上に張りだしている榎の枝葉が星あかりを遮って、一層暗くしている。

背後にいた男が斬りかかってきた。十内は右足を引いて体を引くと同時に、左足を蹴りあげて相手の足を払った。

足をすくい払われた男は、宙で一回転して腰のあたりから地面に落ちた。

「痛ェ……」

小さくうめいた男は地面を這うようにして動き、暗がりのなかに身を溶け込ませた。その間に最前の男が正面から斬り込んできた。

十内が半身をひねってかわすと、横合いから刀が突きだされてきた。刀は十内の脇腹のあたりをかすめたが、思わず背中が冷たくなった。

暗がりのなかで三人を相手にするのは分が悪い。足許がよく見えないし、あかるいところとちがって相手の動きや隙を見いだすのがむずかしい。もっともそれはお互いにいえることだが、相手は三人だし、互角に戦うのは苦しい。

十内は右からかかってこようとした男に、さっと剣尖《けんせん》を向けて牽制し、正面の男に突きを送り込んだ。相手はとっさにさがった。その刹那、十内は身をひるがえして駆けだした。

(追ってくるなら追ってこい)

十内はもっとあかるい場所をめざして駆けた。夜商いの店が密集しているところがいい。十内は駆けながらそのあたりの地図を思い描く。

松枝町《まつえだちょう》がいい。そこは両側町で近所の勤番侍や職人たちでにぎわう、ちょっとした飲屋街だ。松枝町のそばまで来て、十内は背後を振り返った。

三人の男たちの姿はなかった。立ち止まって待ってみたが、追ってくる気配もない。

六

夜も明けやらぬころ目を覚ました十内は、そのまま起きだして支度にかかった。

表はうっすらとした靄《もや》に包まれており、虫たちがすだいている。雨戸の隙間から涼気が流れ込んでいた。すっかり秋の風だ。

十内は金箱の金をふたつに分けた。それぞれを音がしないように半紙で包み、さらに畳紙《たとうがみ》で包んだ。

それを風呂敷に包み、心張棒の前後に吊して、一度担いでみた。楽である。

それから空になった金箱を見た。いずれ三河屋に返さなければならないので、どこかに隠す必要がある。

どこがいいかと考えて、家のなかを見まわす。ここではだめだとすぐに見切りをつける。賊一味は自分のことを嗅ぎまわっている。いまも、近所を探しているかもしれない。昨夜はうまく逃げたが、今度はそうはいかないだろう。

もし、この家が見つかったらどうなるかわからない。空の金箱は賊が盗んだという証拠の品だ。賊は金が入っていなくても、金箱を持ち出して処分するかもしれない。

知恵のある賊ならそれぐらいはするはずだ。

十内は由梨とお夕の家にあずけようかと思ったが、あの二人は好奇心が強く、おしゃべりだ。それに箱はすぐに金を入れる物だとわかる。あれこれ詮索するはずだ。

別のところがいい。あれこれ考えるが、名案は浮かばなかった。

「あとまわしだ」

十内は小さくつぶやくと、空っぽの金箱をそのままにして家を出た。

行くのは近所に住まう生駒緑堂という医者の家だ。亀井町一丁目なので、ほどない距離だが、十内は昨夜のことがあるので周囲に十分警戒の目を向けて歩いた。

浜町堀に出ると、そのまま河岸道を進む。すぐ先の土橋を魚屋の棒手振がわたってゆき、対岸の町屋から納豆売りが出てきた。河岸道の柳の下で歯を磨いている年寄りが、大きな伸びをした。

時刻は明け六つ（午前六時）前だ。薄い靄に、長屋の路地から流れでてくる炊煙が混じった。東にはほんのりした朝焼けの空がある。

脇道に入った。もう一度あたりを見まわしたが、不審な影はなかった。十内は緑堂の家の玄関に立つと、ごめんくださいと声をかけた。ものぐさなところのある医者だから、まだ起きていないのではないかと思ったが、意に反しすぐに返事があり、

「どなた？」

という声が返ってきた。

「橋本町の早乙女十内です」

「よろず屋さんか、なんだいこんな朝っぱらに……」

声と同時に戸が開き、慈姑頭《くわいあたま》をした緑堂が姿を見せた。長身瘦軀《そうく》の医者だ。

「頼まれてもらいたいことがあるんです。先生を男とみての頼みです」

「具合が悪いんじゃないのだね。ま、いいからお入りなさい」

緑堂は十内の持っている風呂敷包みを、ちらりと見て診察部屋にいざなった。百味簞笥や薬種棚があり、緑堂は薬箱を脇息《きょうそく》の代わりにしていた。

「それで、なんの頼みだい」

　緑堂がいうと、台所のほうから、

「どなたなの？　急病人ですか？」

という声があった。緑堂はなんでもない、茶もいらぬと勝手に応じ返して十内を見た。

「先生、これをしばらく預かってもらいたいんです」

十内は風呂敷包みをだした。

「なんだね、これは？」

「大事なものです。うちに置いておくと面倒なので、預かってもらえませんか。二、三日で結構ですから頼まれてもらいたいんです」

「そりゃかまわないが、中身もわからずに預かるのはちょっとね。あれ、ずいぶん重いじゃないか……」

緑堂は風呂敷包みを引きよせていう。

「中身のことは聞かないでください。とにかく大事な物です。礼はちゃんといたしますので、黙って引き受けてもらえませんか」

「こりゃおかしなものだ。なんでも相談事を引き受けるよろず屋さんが、他人に頼み事をするとは……」

緑堂は「ふぁあふぁあふぁッ」と、妙な笑いをする。

「いまは申せませんが、込み入った事情がありまして、お願いしたいのです」

「よほどお困りのようだな。預かるだけならかまわないが、まさか後ろに手のまわるようなことになったりはしないだろうね」

「いえいえ、それはご安心を」

十内は鼻の前で忙しく手を振って、頭をさげる。

「それじゃ預かっておきましょう」

十内はほっと胸をなでおろした。


赤蜘蛛の又兵衛は、満願寺そばにある隠れ家に仲間を集めていた。

又兵衛を中心に円座を組んでいるのは、海亀の長右衛門、清水源七郎、密偵の彦六、伊太郎、仙次郎、そして使い走りの栄次である。

他の手下にはこの隠れ家は教えていないので、知っているのはその六人だけだった。

「昨夜も話したことだが、金を盗んだこの野郎は、早乙女という名だ。住まいはおそらく馬喰町界隈だろう。昨日もそうだったが、その前も早乙女はその近くにいた」

「三河屋に近いですね」

仙次郎である。

「近かろうが、どうだろうがそんなもん気にすることはねえ。早乙女はおれたちの金を盗んでいる」

「町方に訴え出ていたらどうします？」

臆病そうな顔でいうのは栄次だった。

「訴えたりするもんか。早乙女は見たところ、しがない浪人のようだ。懐はいつも寂しいはずだ。もし訴え出りゃ、金はそっくり返さなきゃならねえ。人間誰しも欲深いもんだ。訴えて大金をふいにする馬鹿はいねえ。そうじゃねえか」

みんな、納得するようにうなずく。

「やつは金を持っている。その金はおれたちが苦労してこさえた金だ。なにがなんでも取り返さなきゃならねえ」

「もっともです」

　仙次郎だった。

　又兵衛は一度茶に口をつけて、言葉を継いだ。

「三河屋はやつが住んでいる家のそばだ。おれたちが押し入った晩に、早乙女って野郎は偶然おれたちのことを見たんだろう。それでこっそり尾けてきた。おそらくそういうことだったはずだ」

「それでこれからどうするつもりだ。昨夜、追いつめておきながらなぜ捕まえられなかった」

　又兵衛はそういう源七郎を苦々しい顔をしてにらんだ。

「やつは伊達《だて》に二本差しを差してるんじゃない。それがわかったんですよ。清水さん、あんただって野郎がどれだけの腕だかわかっているはずだ。斬られたんだからな」

「かすり傷だ」

「だったら今度は仕留められるってわけだ」

「そのつもりだ」

又兵衛はにやりと笑った。

「清水さん、そうでなきゃな。やつを殺れるのは清水さんしかいねえ。だが、やつを殺す前に金を取り返さなきゃならねえ、それが肝腎なとこだ」

「とにかく早乙女という男を探すのが先です。おおむね探す場所はわかっているんですから、それを急ぐしかありません」

又兵衛の考えていることを長右衛門が口にした。

「そういうこった。今日のうちに決着をつける。そのつもりでやつを探すんだ。だが、清水さんと仙次郎、そして栄次は、やつに顔を見られている。先に気づかれ、逃げられたらことだ。三人はおれのそばにいてもらう。他のやつは手下を動かして、馬喰町界隈にあたりをつけてゆけ。三河屋が近いから町方やその手先がうろついているかもしれねえ。十分に気をつけるんだ」

「お頭はどこで待っています？」

彦六が聞いた。

「柳橋に小松屋という船宿がある。その二階で待っている。さあ、行くぜ」

又兵衛はそういうと、すっくと立ちあがった。

七

横山町の自身番前に出してある床几《しょうぎ》に、十内は洋之助と並んで座っていた。すでに日は高く昇り、目の前を大八車や行商人、あるいは商家の奉公人たちが行き交っていた。

「なにも見つからねえか……」

昨日の探索の結果を報告すると、洋之助は秋の日射しを受ける白い顔をつるりとなでた。

「そっちはどうなんだ？」

「おれは殺された周兵衛という番頭のことを調べている。そっちから尻尾がつかめそうなんで、今日もその調べだ。松五郎にも今日は手伝ってもらう」

「おれは……」

洋之助は十内を見て、そうだなと考える顔つきになって、

「ここは二段構えだ。おまえさんは本所のほうを頼む。昨日は何もなかったが、今日はなにかわかるってこともあるからな」

そういわれる十内だが、本所を探っても無駄だという気がしていた。それよりも、洋之助がどこまで調べを進めているのか、それを知りたかった。

「尻尾がつかめそうだといったが、三河屋の番頭から何かわかったことがあるんだな」

「まあ、いまは何ともいえぬのがつらいところだ。だが、ここが踏ん張りどこだ。もう少し調べりゃなにか出てくるはずだ。殺された周兵衛は博奕に狂っている時期があったらしい。そのとき、出入りしていた賭場に賊がいてつながりを持ったのかもしれねえ。いま話せるのはそれだけだ。それじゃ頼んだぜ」

洋之助は立ちあがって自身番の戸に手をかけた。

「待ってくれ。もし……」

十内は賊の隠れ家のことや、金箱を盗んだことを話そうかと思ったが、やはりやめた。いまそれをいえば、責められるだけだ。

「なんだ」

「……もし、何か見つけたらどうする？」

「この番屋に知らせてくれりゃいい、それで連絡はつく」

洋之助はそのまま自身番のなかに消えた。

十内はふっと短く嘆息をして腰をあげた。

ひとりで探索するのは楽だが、昨夜襲われたことが頭に残っていた。賊は自分の身辺を探っているのだ。しかし、どうやって自分に接近できたのかわからない。偶然とはどうしても思えないのだ。

賊のなかに自分のことを知っているものがいるのかもしれないという思いが、昨夜からぬぐえなかった。しかし、それが誰だかさっぱり見当がつかない。

また、ずっと気になっていることがあった。それは赤穂藩江戸屋敷に押し入った賊のことである。もし、それが三河屋と同じ賊だったならば、赤穂藩の目付や公儀目付は何かをつかんでいるかもしれない。

横山町の自身番を離れた十内は、そのまま実家に足を向けた。父の主膳《しゅぜん》は表右筆《おもてゆうひつ》組頭《くみがしら》である。目付にも顔が利くので、頼れるかもしれない。謹厳実直な人だから、何かとうるさいことをいわれるのを承知で会おうと思った。

もし父親に会えなくても、兄伊織《いおり》がいれば、兄に相談してもよい。十内と伊織は冷めた兄弟だったが、どういったわけか十内が実家を離れ市井《しせい》に身を投じると、伊織はよき理解者となった。

どうやら伊織は、十内が家督相続権のない〝部屋住み〟だから、そのことを気に病みふて腐れていると思っていたらしい。ところが、十内は幕臣になることに興味はなく、自由奔放に生きたいと、幼いころから考えていた。

これといった大きな夢はなかったが、堅苦しい武家社会から抜けだしただけで、人間本来が生きるということは、こういうことなのではないかと思うようになった。

実家は田安御門《たやすごもん》からほどない新道一番町にある。秋の日射しを照り返す千鳥ヶ淵の土手には彼岸花が咲き乱れていた。

実家の門をはいると、庭で片肌脱ぎになって木刀を振っている伊織がいた。

「おや……」

伊織が気づいて声を漏らした。

「今日は非番でしたか」

十内は実家に戻ると、武家言葉をちゃんと使う。

「うむ。この日和《ひより》なので、家にこもっているのがもったいなくてな。このところ稽古不足なので、自己鍛錬をしておったのだ」

「感心いたします」

「どうなのだ。うまくやっておるか……」

伊織はそういって、縁側に歩いて行った。十内もあとを追うようにして、縁側に並んで座った。屋敷塀の向こうにまっ青な空が広がっていた。

「気ままに暮らしております。父上は……」

十内は背後の座敷を振り返った。

「勤めだ。母上は朝から出かけておる。今日はおれが留守をあずかっている」

「さようでしたか」

うるさい母親に会ったら面倒だと思っていたので、これはいいときに来たと思った。しばらく愚にもつかない世間話をして、十内は本題を切りだした。

「兄上は赤穂藩屋敷に賊が入ったことは耳にいたされておられますか」

「森家で起こった騒動であろう。知らぬわけがない。なぜ、そんなことを……」

伊織が怪訝《けげん》そうな顔を向けてきた。

「じつはわたしが仲良くさせてもらっている蠟燭問屋に賊が入ったのです」

「それは聞き捨てならぬな」

「賊は主の妻と子供を殺し、奉公人を斬殺しております。おまけに先日は番頭まで殺されるという始末」

「なにゆえ番頭が……」

「町方は、番頭が賊とつながっており、口封じのために殺されたのではないかと見ています」

「人間のやることじゃないな」

「わたしはその店の主と懇意にしておりますてまえ、じっとしていることができないんです」

十内はそういって膝に置いた手をにぎりしめた。いまさらながら三河屋の悲劇を防げなかった自分が悔しくなった。十内はつづけた。

「賊を捕まえるのは無理だとしても、なにか手掛かりをつかむことができないかと思っているんでございます」

「すると、その賊と森家の騒ぎが同じ賊の仕業だったのではないかと、そう考えておるわけだな」

　伊織は有能な男だから察しがいい。

「さようです。目付は森家にはいった賊のことを調べているはずです。それでなにかわかっていることがあれば知りたいと思いまして……」

　十内は伊織をじっと見た。ところが伊織はゆっくり頰をゆるめ、短く笑った。

「十内、それはちがう。これは他言ならぬが、あれはとんだ茶番だったのだ」

「は……」

　十内は目をしばたたいた。

「森家の台所は苦しいようでな。国許は大変らしいのだ。あの国の殿様は体が弱いうえに若い。藩政をしきっているのは、分家の家老らしい。だが、なかなかうまくいかぬようで、不満を持つ藩士が江戸家老と諍《いさか》いを起こしたようなのだ。これは大名家の恥であるから、めったに表沙汰にはできない。だが、知れてしまった。それで賊がはいって騒動が起きたということにして、体面を保つことにしたのだ。当初はお城でも同情をしておったが、真実はそんなことだった。だが、これは森家のために、誰もが口を閉じていることだ」

十内は内心がっかりした。なにかわかると思ったのだが、とんだ的外れであった。

「打ちあけてしまったが、かまえて他言ならぬぞ」

「承知いたしました」

「どうだ、たまにはゆっくりしていかぬか」

「いえ、やらなければならないことがありますので……。でも、教えていただきありがとう存じます」

十内がそういって立ちあがると、伊織がすぐに呼び止めた。

「たまにはゆっくり酒でも飲まないか。つもる話がお互いにあるはずだ」

伊織は包容力のある目を向け、やわらかな笑みを浮かべた。この人はいつからこんなおおらかな人物になったのだと、十内は思ったし、誘われたことが嬉しかった。

「ありがとうございます。是非とも一献傾けましょう」

十内も笑みを浮かべて答えた。

実家を出た十内はその足で、浅草に向かった。懐に仕舞っている手ぬぐいを何度か見た。賊が使っていたおいてけ堀そばの隠れ家で見つけたものだ。なんの役にも立たないかもしれないが、あたるだけあたっておこうと思った。

浅草花川戸の煎餅屋・甚八は、間口一間という小さな店だった。店先で長火鉢に鉄板をのせて、その上で煎餅を焼いている男がいた。捻《ねじ》り鉢巻きに腹掛け半纏《はんてん》というなりで、額に汗を浮かべている。

醤油《しょうゆ》の香ばしい匂いが付近に漂っており、通りすぎるものたちが涎《よだれ》をたらしそうな顔をしていた。

「へえ、らっしゃい」

店先に立った十内に、煎餅を焼いている男が声をかけてきた。焼くのに忙しいらしく、手許を見たままだ。

「つかぬことを訊ねるが、おまえさんが甚八かい」

声をかけると男がひょいと顔をあげた。眉を動かして驚いたような顔をする。見も知らぬものに名を呼ばれたからだろう。

「へえ、あっしですが……」

「この手ぬぐいはこの店のものだろうか？」

十内は件《くだん》の手ぬぐいを懐から出して見せた。甚八は表情も変えずに、その手ぬぐいを受け取って眺め、

「これをどこで……」

と、聞き返してきた。

「どこでって拾ったんだが、やはりこの店の手ぬぐいだったか。これは客に配ったものだと思うが、何本ばかり配ったか覚えているか？」

「作ったのは四十本ばかりでしたが、贔屓のお客に配ったのは三十本ほどでしょうか」

「三十本……その客の顔や名前を覚えているか」

「そりゃあ知ってる人もいますが、名も知らない人も大勢いますからね。でも、なぜそんなことを？」

甚八は小首をかしげると、頬をつたって流れる汗を拭き、煎餅をひっくり返した。

「ある人間を探しているんだが、そうか……」

十内はあたりに視線を彷徨《さまよ》わせた。三十本の手ぬぐいが配られたのなら、三十人を調べなければならない。これは根気と時間のかかる仕事である。この件は後まわしにして、自分の知っている男たち三人を探そうと考えた。

「いったい誰をお探しになってるんです」

甚八が声をかけてきたが、十内は「いや、なんでもない」と応じて、吾妻橋《あずまばし》に足を向けた。

男が去っていくと、甚八は急いで脇の壁に貼りつけている人相書きを見た。

(まちがいねえ。あの野郎だ)

胸中でつぶやいた甚八は表に出て、深編笠を被っている男の後ろ姿を眺めた。吾妻橋のほうに向かっている。

甚八は店に戻ると手際よく火を落とし、戸締まりをして尾行するために店を飛びだした。

第五章　駆け引き

一

船宿の二階からは、西日を受ける対岸の町屋が見える。すぐ下を流れる神田川には夕日の帯が走り、屋根船や屋形船が船着場によせられていた。

猪牙舟が出入りして、客をおろし、また客を乗せてゆく。大川からはいってきた荷舟が、のろのろと川上に去るのをぼんやり眺めながら、又兵衛は煙管をくゆらせていた。そうやって手下からの知らせを待っていた。

柳橋にある小松屋という船宿の二階だった。ここはなかなか繁盛している店で、客の出入りが少なくない。日が暮れはじめると、舟待ち客の他に酒を飲みにくる職人が増えてきた。仕事を早仕舞したものたちだ。すっかり日が暮れれば、密会のために利用する男女もあらわれる。

（今日は探せねえのか……）

又兵衛が胸中でつぶやいたとき、階段をあがってくる彦六の姿が見えた。そのあとから煎餅屋の甚八がついてきた。狸面《たぬきづら》なので、又兵衛は「狸の甚八」とからかっていた。彦六と同じように、密偵役をやっている男だ。

「久しぶりだな」

又兵衛はそばに来た甚八に、小さく笑いかけた。甚八はかたい表情だ。

「お頭、早乙女の野郎が甚八の店にあらわれたそうです」

彦六が声をひそめていう。

「なにッ」

又兵衛は甚八を見た。

「いつのことだ？」

「へえ、今日の昼前です。彦六さんからもらった人相書きに似ている野郎でしたから、今日はその野郎を尾けまわしておりました。うちの店の手ぬぐいを持って来やしてね、拾ったんだが、何本作ったなどと聞くんです」

「へえ、三十本ばかりだというと、思案顔をしてそのまま行っちまいましたから、あとを尾けたんです」

「それで……」

「野郎が持ってきた手ぬぐいは、町方の動きを知るために、おれがわざと隠れ家に置いてきたもんだ。もし、町方の調べがはいれば、きっと手ぬぐいの出所を探って、おめえの店に聞き込みがあると踏んでいたんだ。ところが、その手ぬぐいを持って来たのは早乙女って野郎だった」

「すると、やつは金箱を盗んだあとで、またあのおいてけ堀の家に行ったってことになりますね」

彦六が顔をよせて低声でいう。

「そういうことだ。あの野郎、町方の手先なのか……」

「お頭、そりゃちがいますよ」

甚八が首を振ってつづける。

「あっしはあの野郎を尾けましたが、町方と会ったりなんぞしませんでした。暇をつぶすように本所を歩きまわったあと、てめえの家に帰ったんです。やつは相談屋をやってるんです」

「なに、相談屋だと……」

「戸口脇に〝よろず相談所〟という看板を掛けてるんです」

「そこはやつの家なんだな」

「そうです。橋本町一丁目にある小さな一軒家です」

又兵衛はきらっと目を光らせた。

「甚八、よくやった。あの野郎は、おそらくもうひとつの金箱も盗もうという魂胆で、あの隠れ家に行ったんだろう。ところがそこには何もなかった。だが、一本の手ぬぐいを拾ったんで、それでおれたちの行き先を知ろうと考えたのかもしれねえ。なんとも欲深《ぶけ》ェくそったれだ。あの野郎、おれたちをすっかりなめてやがる。おい、二人とも耳を貸せ」

又兵衛はそういって、彦六と甚八に耳打ちするようにあらたな指図を下した。


その日一旦家に帰った十内は、空っぽの金箱をどこに預けようかと考えたが、これといった案も浮かばず、結局はお夕と由梨の家に運んだ。お夕しかいなかったが、

「これは大事な骨董の品だ。ある人から預かったんだが、おれは留守がちだから、おまえの家にしばらく置かせてくれ」

と頼んだ。

「これって、お金を入れる金箱じゃないの」

お夕は目をぱちくりさせて、檜《ひのき》で作られている箱をなでた。箱は古く、傷がついており、塗りは年輪を窺わせるように渋い色に変色していた。

「そう見えるんだったら、そうなんだろう。とにかく年季の入った大事なものらしいし、かなり高直《こうじき》な品という。盗まれないように、押入のなかにでも仕舞っておいてくれ」

「あたしにはわからないけど、世の中には古いものが好きな人が少なくないのね。どうせなら、お金がはいってればよかったのに」

「まったくだ」

十内がそう応じたとき、由梨が仕事から帰ってきた。

「どうしたのよ、何だかあやしいじゃない。変よ」

由梨はずかずかと居間にあがってきて、疑いの目を向ける。

「何もしていないわよ」

お夕がいいわけ口調でいえば、

「だって部屋の隅でこそこそしていたじゃない。おかしいわ」

由梨は拗《す》ねたように頬をふくらませ、十内に厳しい目を向けてくる。

「いろいろと込み入ったことがあるんだ」

十内がそういうと、お夕が骨董の金箱を預かったことを説明した。それでようやく誤解が解けたのだが、今度は何かうまいものを作ってくれと由梨がいう。

「骨董品を預かったお返しよ」

「それは今度だ。いまはいろいろと忙しいんだ」

「そういえば、ここのところ留守ばっかりだものね。じゃあ、近いうちに何か作るんですよ」

「わかった、わかった。一仕事終えたらなんでも作ってやる」

十内はそう答えて、さっさと二人の家を出た。

それが暮れ方のことで、いまはすっかり夜の帳がおりていた。

十内は三河屋の近くや、殺された番頭の家の近所を歩きまわり、洋之助を探しているのだった。普段会いたくないときにはすぐに会えるが、こんなときにはさっぱり会えない。

ようやく見つけたのは、六つ半（午後七時）になろうかという時刻だった。松五郎が縄張りにしている小網町で、洋之助は松五郎を伴って一軒の蕎麦屋《そばや》から出てきたところだった。

「よお、こんなところで何をしてやがる」

洋之助が先に声をかけてきた。

「何をしてやがるはないだろう。おれは誰のためにはたらいていると思ってんだ」

「おい早乙女、口答えするんじゃねえ」

声を荒らげるのは決まって松五郎であるが、十内は例によって相手にしない。

「おれを探していたところを見れば、何かわかったんだな。よし、話を聞こうじゃねえか」

洋之助はそういって、たったいま出てきた蕎麦屋に後戻りした。

二

「おれもおまえさんに話したいことがあったんだ」

蕎麦屋に戻るなり、洋之助はそういって十内を正面から見た。

「だが、まずはおまえさんの話を先に聞こうじゃねえか」

十内は、その日、本所を見まわりながら聞き込みをしたが、なんの手掛かりも得られなかったことと、赤穂藩上屋敷に入った賊はいなかったことを話した。

「それは誰に聞いた？」

「公儀目付につてのある人だ。名はあかせない。そういう約束だからな。だが、これで賊は赤穂藩の一件とはなんの関係もないということがはっきりした」

「それだけか……」

洋之助は不満そうな顔で、爪楊枝をくわえた。女中が注文を取りに来たので、十内はかけそばを注文した。

「それだけだ。それで服部さんの話とは……」

「やはり番頭の周兵衛は、賊とからんでいた節がある。周兵衛はいっとき、博奕に狂っていたが、ぱたりとやめた。女房には損をするばかりであきたといったそうだが、じつはどうもそうじゃねえ」

「………」

十内は洋之助を見つづける。

「やつの出入りしていた賭場は一ヵ所だ。御竹蔵横の旗本屋敷だった。賭場を仕切っていたのは穴熊《あなぐま》の文太郎《ぶんたろう》という博徒一家だ。周兵衛はその賭場の客といっとき、仲良く付き合っていた」

「なんという男だ？」

「伊太郎という。とくに目立たない男らしい」

「そいつの居場所は……」

洋之助は首を横に振った。

「やくざか？」

「いやちがう。盗人の仲間のようだ」

十内はひくっと眉を動かした。

「どうしてそれがわかった?」

洋之助はにやりとした笑みを片頬に浮かべ、扇子で自分の肩をたたいた。

「さげたくない頭をさげて、火盗改めの役宅に伺ったのさ。もしかすると、伊太郎って野郎のことを知っているかもしれねえと思ってな。するとどうだい。すぐにわかった。火盗改めの同心は、そりゃひょっとすると、赤蜘蛛の又兵衛という盗賊の一味じゃないかというんだ」

「赤蜘蛛の又兵衛……」

「質の悪い盗人で、知恵ものらしい。三、四年前にもう少しというところで逃げられたといっていた。それからはなかなか尻尾をあらわさないらしい」

「火盗改めは他にも知っていることがあるんじゃないのか」

「知っているかもしれねえが、教えちゃくれねえさ。だが、伊太郎という名の男が赤蜘蛛の又兵衛一味にいるのはたしからしい。もっとも他の盗賊の一味かもしれねえし、まったく盗人とは関わりのない遊び人かもしれないが……」

(伊太郎……)

十内はどんな顔だろうかと思った。少なくとも三人の男は覚えている。そのなか

にいるのだろうかと考え、伊太郎の人相を聞いたが、

「あまり目立たない男で、癖のない顔をしているってことだけだ。年は三十を越しているらしいが……」

洋之助はそういって、扇子を帯に戻した。

そばが運ばれてきたので、十内は割り箸をつかんだ。だが、すぐ食べる気にはならなかった。少なからず町奉行所同心としての洋之助の探索能力に感心してもいたし、ここで自分の知っていることを打ちあけるべきかどうかを考えあぐねた。

だが、十内は打ちあける時機を完全に逸している自分に気づき、黙っていることにした。

「どうした、何かあるか？」

「いや」

十内は割り箸を割って、そばをすくった。

「明日は赤蜘蛛の又兵衛という盗人のことを調べる。どこから手をつけるか、それは明日、御番所に行ってから決めるが、早乙女ちゃんにも手伝ってもらうぜ。明日の朝は松五郎の家で待ってろ」

「わかった」

「わかりました、だッ」

松五郎が怒鳴るようにいう。十内は耳も貸さずに、そばに口をつけた。

洋之助と松五郎はそのまま帰って行き、十内はそばを食べながら伊太郎という男のこと、そして穴熊の文太郎という博徒一家のことを考えた。

伊太郎を探すには、文太郎一家に探りを入れるべきだろう。それから自分が知っている三人の賊のことをどうやって探せばよいかと頭をひねる。

賊は金箱をひとつ盗まれているので穏やかではないはずだ。だが、身の安全をはかるために静かに潜伏しているかもしれない。

（もし、江戸を離れていたら……）

洋之助は江戸四宿と川番所に見張りをつけ、通行改めを厳しくしている。しかし、賊が分散して動けば、宿場などあっさり抜けられる。

十内はこれといった名案を浮かべることもできずに、蕎麦屋を出ると家路についた。

空には星と月が浮かんでいる。月は半月を過ぎ、丸みを帯びてきた。

十五夜までもうすぐだなとぼんやり考える。道端の草むらで虫たちがすだいている。十内は自宅に入る前に、隣のおきゃんな娘二人の住む長屋に目を向けた。気晴らしに会っていこうと思ったが、かえって疲れると思いそのまま自宅の戸口前に立った。

（うん……）

心中でつぶやき、背後を振り返った。何かが動いたような気がした。じっと周囲に目を凝らしたが、これといった変化はなかった。

しかし、戸を開け土間に入ってまたもや何かの気配を感じた。家のなかは夜とあって一際暗い。雨戸の隙間からわずかに月あかりが射しているだけだ。

十内は行灯をつけるためにすぐの座敷にあがった。と、そのとき背後で何かが動いた。

とっさに振り返ったとき、黒い闇がふわっとふくらむように見えた。直後、後頭部に強い衝撃。十内は一瞬にして昏倒した。

三

「ねえ由梨ちゃん、なんか変な物音しなかった」

櫛《くし》を使って髪を梳《す》いていたお夕は、手を止めて振り返った。繕《つくろ》い物をしていた由梨が、大きな目をしばたたき、

「物音……聞こえなかったわ」

「風かしら」

「風……風なんてないわ。虫の声がするだけよ」

お夕は再び髪を梳く手を動かしながら庭を眺めた。障子を開け放しているので、夜気が入り込んでいる。真夏の蒸し暑さはとっくに去り、過ごしよくなっていた。

「でも、なんだか慌てるような足音や物音がしたような気がするんだけど……」

お夕はまた手を止めて、ついと立ちあがった。

「早乙女さんの家のほうから聞こえたような気がするの」

「ほんと。あたしには何も聞こえなかったけど……」

由梨は針を髪にさして、縫い針を動かしながら答えた。

「早乙女さんが帰ってきたんじゃないの」

「そうかしら。でも、足音はひとつではなかったわ」

「お夕ちゃん、耳がいいのね。あたしはなんにも聞こえなかったけど、気になるなら見に行ってみましょうか」

由梨が繕い物の手を休めていうので、お夕はそうしようといった。

二人で長屋を出て十内の家の戸口に立ったが、家のなかはしーんと暗いままである。あかりもない。

「留守のようね」

お夕はそういって、「こんばんは、早乙女さん」と声をかけてみたが、返事はなかった。

「このごろ留守ばっかりだわね。変な箱は置いていくし、いったいどこをほっつき歩いているのかしら」

由梨は木戸口を出て通りを眺める。

お夕はもう一度家のなかに声をかけたが、やはり返事はなかった。

「誰かが訪ねてきて、留守だったから帰った足音だったんじゃないの」

由梨の言葉に、お夕もそうだったのかもしれないと思った。

「いい夜ねえ」

由梨が夜空をあおいでいう。お夕もつられて空を見あげた。

「今月は葉月なのよね」

つぶやく由梨の顔に、星と月のあかりが降り注いでいた。

「もうすぐ十五夜ね。早乙女さんと月見しましょうね」

お夕は由梨と肩を並べた。

「そう約束したからね。今度はどんな美味《おい》しいもの作ってくれるかしら」

「由梨ちゃんは、食いしん坊だからね」

「秋はお腹がすくのよ」

二人はのんびりしたことを話し合いながら、自分たちの長屋に戻った。

十内は暗い深淵から抜けだしたように気を取りなおしたが、体が動かないことに気づいた。後ろ手に縛られ、がんじがらめにされている。

「ううっ……」

声はうめきとなって漏れるだけだった。猿ぐつわを噛まされているのだ。

目を見ひらいたが、真っ暗闇である。菰《こも》で包まれているとわかった。

全身に力を入れて、体を動かしたが、まるで芋虫状態だった。

「静かにしやがれッ」

そんな声がして背中を殴られた。

十内は鼻で大きく息をして、耳をすました。水の音がする。それに川底に棹を立てる音。ぎぃぎぃという舟の軋む音。そばに二、三人の男がいるのがわかる。

自分の家で待ち伏せをされ、捕まったのだとようやく理解した。相手は賊一味にちがいない。だが、この状態ではどうすることもできない。

(ちきしょう……)

奥歯を噛み、胸中で吐き捨てる。

「この野郎、目を覚ましたようだ」

そばにいる男がいう。

「ほっとけ、どうせ逃げられっこねえんだ」

別の男の声。

「それにしてもいい夜じゃねえか、夜風は気持ちいいし。月も星もきれいだ」

「いい気なもんだ。それよりこいつが持ち逃げした金の在処《ありか》を聞きだすのが先だ」

「そりゃそうだろうが、何も手の込んだことをやらなくてもいいのによう。お頭も酔狂なもんだぜ」

「面倒を避けるためだ。しゃあねえだろう。おっ、その辺につけるぞ。後ろの舟に合図を送ってくれ」

十内はじっと、二人の会話を聞いていた。この舟の他にも後ろに何艘かついているようだ。いったいどこへ連れて行くつもりなのだ。

いや、そんなことより、どうやって逃げるかを考えなければならない。賊がこれから何をやろうとしているかは、考えるまでもなく予想できる。

持ち去った金箱の行方を聞きだして……。

そのあとのことを考えると、ゾクッと全身に鳥肌が立った。

ごんと、舟の舳先《へさき》が岸辺にあたる音がした。つづいて、自分の足と肩が持たれた。足も縛られている。二人の男が、乱暴に岸に放り投げた。

十内は体の節々に痛みを感じて、うっとうめくだけだ。手際よく戸板にのせられるのがわかり、それに筵がかけられた。

「おい、気をつけて運べ」

その声で、十内は自分の体が浮くのを感じた。戸板が持ちあげられたのだ。

四

又兵衛は家のなかに運び込まれた戸板を見て、にやりと笑った。盃を膝許に置き、手の甲で口をぬぐった。

「誰にも見られなかっただろうな」

「へえ、それはもうしっかりと注意しましたから、心配ありません」

首筋の汗を拭きながら伊太郎がいう。もうひとり早乙女十内ののった戸板を運んできた仙次郎が、重くて骨が折れましたと、大きく息を吐いた。

すぐあとから清水源七郎、彦六、栄次、煎餅屋の甚八がはいってきた。又兵衛のそばには長右衛門がいた。

「菰を取れ」

又兵衛の指図で伊太郎が、菰を剝《は》ぎとった。芋虫みたいに縛られている男があらわれた。目だけを動かして、周囲を見まわし又兵衛に目を留めた。

「猿ぐつわをほどいてやれ」

指図すると、仙次郎が猿ぐつわの縄を乱暴に引き抜くようにほどいた。十内の顔が痛みにゆがみ、短いうめきを漏らした。

「てめえ、早乙女十内っていうらしいな」

「…………」

十内は肩を動かして大きく息をすると、ゆっくり半身を起こした。縛られているので、それ以上は動けない。又兵衛は板の間から、ゆっくり土間に下りた。十内の顎を持ちあげ、鋭い眼光でにらみつけた。だが、十内は怯《ひる》みを見せなかった。

「よろず相談をやっているらしいな。儲かるかい？」

「何かおれに相談事でもあるか。相談するにしてはずいぶんご丁寧じゃねえか」

「ほう、鼻っ柱の強いことをいいやがる。気に入ったぜ」

「きさまが赤蜘蛛の又兵衛か？」

「だったらどうするよ。え、早乙女十内」

十内は眉宇をひそめた。

「どうして、おれの名を？」

「へん、おれたちを甘く見ちゃならねえぜ。まあ、どう見られようがかまやしねえが、おれたちの金を盗んだな」

「なんのことだ」

又兵衛はぎんと目を光らせると、固めた拳《こぶし》で思い切り十内の頬桁《ほおげた》を殴りつけた。十内が横に倒れると、顔面を足蹴にして、襟首をつかんで、鼻っ柱にもう一度拳骨《げんこつ》を見舞った。

ごん。

十内は後頭部を背後の壁にぶつけて、鼻血をたらたら流した。

「しらばっくれるんじゃねえ！　金箱はどこだ？」

「……いっていることがわからねえ」

又兵衛はむかっ腹を立てて、十内の胸を蹴った。十内はのけぞってまた背後の壁に頭をぶつけた。脳震盪《のうしんとう》を起こしたらしく、頭をふらふら揺らした。

そんなことにはかまわず又兵衛は、十内の前にしゃがんで双眸に殺意の色を浮かべてにらみつけた。十内はとろんした目を向けてくる。

「おい、聞くことに正直に答えてくれりゃ五体満足で帰してやる。そうでなきゃ、てめえの命は長くねえってことだ。金はどこにある？」

「……金、なんか知らねえ」

十内は血の混じった涎をたらして答えた。又兵衛は素早く匕首を引き抜き、十内の頬に刃をぴたぴたとあてた。

「てめえが盗んだことはわかってんだ。悪いことはいわねえ、素直に白状しねえか。ええ、早乙女十内さんよ」

又兵衛は怒りを押し殺した声で、諭すようにいった。

「……ここは、どこだ……」

十内はうつろな目を彷徨わせ、手下らの顔をひと眺めした。

「てめえが金箱を持ち去った家だ。覚えていねえか……」

「ふふっ……。何のことをいってるんだ。さっぱりいっていることがわからねえ」

又兵衛は頭突きを食らわせた。十内はまたもや背後の壁に頭をぶつけた。その衝撃で土壁がさらさらと崩れた。

「今度は土手っ腹に突き刺すぜ」

又兵衛は匕首の刃をぺろりと舌先で舐《な》めた。

「殺されるのはごめんだ」

「だったら、さっさとしゃべらねえか！」

「怒鳴るな、耳が痛いじゃねえか。耳だけじゃない、鼻も口も……ああ、あっちこっち痛くてたまらねえ。いい加減乱暴はやめてくれねえか」

又兵衛は大きく息を吸って、大きく吐きだすとまわりの手下を眺めた。

「おれが代わりましょうか」

申し出たのは仙次郎だった。

「それにゃあ及ばねえ」

又兵衛はしぶとい十内の口を割らせるにはどうしたらいいか考えた。この男は中途半端な脅しには屈しないようだ。だったらどうしようかと視線を泳がせた。それからゆっくり立ちあがって、仙次郎を振り返った。

「よし、おめえにまかせる。だが、殺すんじゃねえ」

そう指図すると、仙次郎が嬉しそうな笑みを浮かべ、首の骨をポキッと鳴らした。

五

十内はまるで襤褸雑巾《ぼろぞうきん》のようになってのびていた。

又兵衛から散々痛めつけられたあとで、仙次郎という男に拷問をかけられた。水《みず》瓶《がめ》のなかに頭を突っ込まれ、もう少しで溺れ死にそうになって気を失った。

いったいどれほどの時間、気を失っていたかわからないが、目を覚ますと天井の梁《はり》に逆さ吊りにされていた。その無防備な体を仙次郎は容赦なく竹の棒で引っぱたき、金箱の在処を聞きだそうとした。

だが、十内は殺されるかもしれないという責め苦に耐えに耐えた。賊が自分を殺してしまえば、永久に金の行方はわからなくなるのだ。それは賊にとって都合のいいことではない。賊は自分が白状するまでは生かしておくはずだと考えていた。

しかし、激しい打擲《ちょうちゃく》を受けるうちに、こんなことなら命乞いをしていってしまおうかという気になった。そのほうが楽だ。

だが、もうそのときには口を開く気力も残っていなかった。意識がおぼろに遠のき、またおぼろに戻るを繰り返すうちに何がなんだかわからなくなった。

十内は冷たい土間に片頬をつけたまま横たわっていた。片目をゆっくり開けてみる。目の前には闇があるだけだった。だが、少し先にはあかりがある。

座敷に燭台《とも》が点されているのだ。男たちは何かを話しあっているが、耳鳴りがしてよく聞き取ることができない。手足はおろか、腰も胸も、そして顔も頭も、体のあらゆるところに鈍い痛みがある。

ゆっくり指先を動かしてみる。どうにか動くようだ。足も少し動かした。折れた骨はないと気づく。それでも散々いたぶられている。

体を縛られていなくても、すぐには立ちあがれそうになかった。歩く自信もなかった。死んだ芋虫のように、冷たい土間に横たわっているだけだった。

賊は夜が明けるまで放っておくのだろう。そして、夜が明けたらまた拷問をかけるのかもしれない。

（勘弁願いたい……）

心中でつぶやく。

十内は体中の痛みを感じながら、この窮地からいかに脱出できるかを考えた。答えは簡単である。

金の在処を教えることだ。

だが、それはできない。もし、白状すれば自分の命はないし、生駒緑堂に迷惑をかける。最悪の場合、何の関係もない緑堂まで殺されるかもしれない。

それに、自分が機転をはたらかせなかったばかりに、三河屋は死人を出し、金を盗まれているのだ。金の在処を教えたら、いままでのことがまったくの無駄になる。

だからといって、生きる道があるか……。

（嘘……）

十内は出鱈目をいって時間を稼ぐことができれば、活路が開けるかもしれないと考えた。だが、嘘がばれたときにはどうなる？　やはり死か……。

男たちの短い笑いが聞こえたとき、十内はまたもや深い眠りに落ちてしまった。

「目を覚まさねえか、おい」

肩のあたりを蹴られて、十内はゆっくり目を開けた。

そばに立つ男が自分を見下ろしていた。昨夜いやってほど拷問をかけてくれた仙次郎という男だった。

「お頭が話があるそうだ。立て……」

十内は足首の縛《なわ》めをほどかれた。だが、後ろ手に縛られたままだ。立ちあがろうとしたが、よろけてまた倒れた。

「立たねえか」

爪先で鼻のあたりを蹴られた。

くそッと、心中で吐き捨てて力をふりしぼった。何とか立つことができたが、体がミシミシと音を立てて軋むようだった。

「いい男ぶりじゃねえか」

仙次郎がぴたぴたと掌で十内の頬をたたいた。ペッと、つばを吐きかけてやると、

「野郎ッ!」

と、仙次郎が拳を振りあげた。

「やめろ。早くこっちに連れてこい」

又兵衛が制止しなかったら十内は、鼻の骨を折られていたかもしれない。それで

なくても鼻のあたりが、むずむずするし、鈍い痛みがある。

　十内は乱暴に肩をつかまれて、座敷に転がるようにあげられた。何とか体を起こして、又兵衛と向かいあうように座った。

　又兵衛は吸っていた煙草の煙をふうっと、十内に吹きつけた。

「痛い目にあうのは懲《こ》りただろう」

「懲り懲りだ」

　十内は言葉を発したとたん、口の奥にひりつくような痛みを感じた。

「だったら正直に話してくれねえか。てめえはおれたちが三河屋に押し入るのを、たまたまどこかで見ていた。それからこっそりおれたちのあとを尾けてきた。そのとき、そこにいるやつらに追われて逃げた」

「…………」

「ところが逃げただけじゃなく、また舞い戻ってきて捕まりそうになったが、おめえはうまく逃げたふりをして、しぶとくこいつらのあとを尾けて、この家に忍び込んだ」

　十内は又兵衛の手下たちを眺めた。そして家のなかに視線をめぐらす。おいてけ堀のそばにある百姓家だと気づいた。

「それからここにあった金箱のひとつを持って逃げた。そうだな」

図星だった。だが、十内は黙っていた。

「金箱をどこにやった。どこに隠した？」

又兵衛は冷え冷えとした目で凝視してくる。十内は大きな吐息をついた。

「いっただろう。いっていることがわからないと……」

又兵衛の目に凶悪な光が宿った。人を射殺すような、鋭い眼光だ。十内は尻の穴がもぞもぞするような恐怖を感じた。

「いうんだ」

又兵衛は氷のように冷たい静かな声でいった。

十内は考えた。ここでうまく答えないと、ほんとうに自分は殺されるかもしれない。もし、町方の服部洋之助の手先だといえば……。いや、それはだめだとすぐに否定する。賊が一番注意を配っているのが町方の動きだ。もし自分が町方につながりがあると知れれば、金をあきらめて容赦なく手にかけるだろう。

では、ほんとうのことをいってしまえば……。それもだめだと自分にいい聞かせる。正直に話せば、自分の命はおろか生駒緑堂の命も奪われるはずだ。

考えながらまわりにいる連中をあらためて見たとき、十内はひとりの男を見て眉をひそめた。そうかと思った。煎餅屋の甚八がそこにいたのだ。このとき、なぜ賊たちが自分の家で待ち伏せしていたのか納得いった。甚八に尾けられたのだ。まったく気づかなかったが、とんだしくじりであった。

「どうした。いらぬ知恵をはたらかせても無駄だ。てめえはこの家から出ることができねえし、逃げることもできねえんだ。だが、白状してくれたら、自由にしてやる」

又兵衛は目を細めて、にやりと笑った。

十内はそんな誘いにのるかと胸中で吐き捨てる。だが、何かうまいことをいわなければならないと一心に考えた。とにかく、いまは時間を稼ぐべきなのだ。

「金は……」

十内のつぶやくような声に、又兵衛が目をみはった。まわりにいるものたちがわずかに身を乗りだした。

「金は薬研堀の船着場に沈めてある。戻るときに、この近所にあった舟を拝借したんだが、薬研堀から先は金箱を担いで行かなきゃならない。それじゃ人目につくと思い、いったん堀のなかに沈めたんだ」

うまい思いつきだと思ったが、果たして通用するかどうかわからない。十内は喉の渇きを覚え、ゆっくり生つばを呑み込んだ。

「薬研堀のどこだ?」

これにも十内は考えた。薬研堀は大川の入堀で、難波橋からどん突きまで半町ほどはあるし、幅も広いところだと十間はある。

「暗かったからたしかなことはいえないが、難波橋に近いところだ」

又兵衛は十内の顔をためつすがめつ眺めてから、まわりの仲間を見た。

「ほんとうかどうかたしかめるんだ。こいつを縛っておけ」

又兵衛の指図で、十内は板の間の柱に縛りつけられた。助けを呼ばれないように、またもや猿ぐつわを嚙まされた。

(これで万事休すかもしれない)

十内は息を吸って目を閉じた。縛めをほどこうと体を動かしたが、びくともしなかった。賊は又兵衛を先頭にみんないなくなった。

周囲の林を騒がせる風の音だけが聞こえてきた。

六

「早乙女はどうした？」

洋之助は町奉行所に一度顔を出し、同心詰所で他の同心や上役同心の動きを知ると同時に、年寄同心に現在自分が携わっている探索の報告をし、指示を仰いだ。

——人殺しの賊だ。決して逃がすでないぞ。他のものも手が空けば、すぐにそっちにあてることにいたす。

ようするに、探索は洋之助の考えでかまわないということであった。

「まだ寝てるんじゃないでしょうか……」

松五郎は無精ひげをさすりながらいう。

「いくら何でもこんな時刻までは寝ておらんだろう。もうすっかり日は昇ってるんだ」

「だったら助をいやがっているんでは……やつのことですから……」

洋之助は松五郎の言葉には耳を貸さずに、まわりを見た。すでに朝五つ（午前八時）は過ぎている。行商人たちが道を行き交い、鎧《よろい》河岸の蔵地では上半身裸の人足たちが汗をしたたらせ力仕事をし、大八車を押す車力たちが蔵地と問屋を往復している。

洋之助は伊太郎という男を探すために、これから穴熊の文太郎一家に乗り込む腹である。しかし、連れている小者の弁蔵と乙吉、そして松五郎だけでは心許ない。松五郎の下っ引きを同行させる手もあるが、みんな職人か行商の振売りだ。かえって相手になめられてしまうだろうし、下っ引きも相手が博徒だと知れば、腰が引けるにちがいない。

「よし、早乙女をたたき起こすんだ」

「旦那、何もあいつを頼りにしなくても……」

「黙れッ。おれの考えがあるんだ」

洋之助は松五郎を一喝して十内の家に向かった。何としてでも手柄をものにしなければならない。三河屋の一件に関しては、町奉行も曲げて逃がすなという指令を発している。洋之助はその期待に応えたいと思っていた。

十内の家はひっそり静まりかえっていた。玄関の戸も雨戸も閉め切られている。

洋之助は眉宇をひそめた。

(留守にしているのか……)

そう思ったが、玄関に行くと、松五郎に声をかけさせた。

「早乙女、おい早乙女！　まだ寝てんだったら起きろ！」

松五郎は同じことを二回繰り返したが、返事はない。

「朝からなんです」

女の声で、洋之助は背後を振り返った。木戸門に由梨とお夕が立っていた。

「おお、これはお隣のお嬢ちゃん。早乙女ちゃんを連れに来たんだが、いないようなんだ。どこへ行ったか知らないか」

由梨とお夕は互いの顔を見合わせて、

「昨夜もいなかったようだけど……」

と、お夕がいう。

「それじゃ帰ってこなかったのかしら」

と、由梨。

「そんなこたァない。昨夜、おれは早乙女ちゃんと小網町の蕎麦屋で会ったんだ。早乙女ちゃんは、別れたあとまっすぐ帰ってきたはずだ」

「それ、いつごろ?」

お夕が聞く。

「宵五つ前だったはずだ」

お夕と由梨はまた顔を見合わせた。

「五つ過ぎだったと思うけど、変な物音を聞いたの。それで気になってここに来てみたけど、何にもなかったし、早乙女さんも帰っていなかったわ。あら、松五郎さん、いつもいい男っぷりね」

お夕が近寄ってきていう。おまけに片目をつぶりもする。松五郎はからかわれているくせに、顔を上気させ照れる。相手が男だと威勢のいいところを見せるが、それが色気のある女だとこの体たらくである。

「変な物音とは何だ?」

「よくわからないけど、足音とか物が倒れるような……。でも、気のせいだったのかもしれない。早乙女さん、ほんとにいないの」

お夕はそういって玄関の引き戸に手をかけた。すると、するすると戸が開いた。

全員「あれッ」という顔になり、家のなかにはいった。洋之助は土間に立ってすぐ、異変に気づいた。家が荒されているのだ。箪笥が倒され、行李がひっくり返されている。押入は開き放しで、なかのものが引きずり出されていた。

「なによこれ……」

由梨が大きな目をしばたたいて驚いた。

洋之助は顔を引き締めて座敷にあがり、寝間を見て、縁側から厠をたしかめた。十内はどこにもいない。洋之助は薄暗い天井の梁を見て、十内が勝手な動きをしているのではないかと思った。もしくは、何か揉め事を起こしているのではないかと……。

由梨とお夕が泥棒が入ったのではないか、やっぱり昨夜の物音はこの家から聞こえたなどと話しあっていた。

「足音を聞いたといったな」

洋之助はお夕を見た。浴衣の襟元から胸の谷間がのぞいている。目のやり場に困り松五郎を見ると、でれでれと締まりのない顔をしていた。

「聞いたわ。三、四人の足音だったような気がします」

「旦那、どうします？」

松五郎が聞いてくる。洋之助は十内のことより、先に文太郎一家への聞き込みを優先しようと考えた。

「おまえさんたちは、早乙女ちゃんが帰ってきたら、横山町の番屋で待っているようにいってくれねえか」

洋之助はお夕と由梨にいうと、十内の家を出た。

「帰ってこなかったらどうするの？　早乙女さんの身に何か起きているのかもしれないじゃない」

お夕が口をとがらせた。

「早乙女ちゃんの居場所がわからないんじゃ、どうしようもないだろう。それじゃ頼んだぜ」

洋之助はそのまま本所に足を向けた。十内を頼っている場合ではない。ここは少々心許ないが、連れている三人で乗り込むだけである。

穴熊の文太郎は、本所入江町《ほんじょいりえちょう》に一家を構えていた。本所には文太郎一家と縄張りを競っている博徒がいくつかある。義侠心の強い一家もあるが、文太郎一家は荒っぽいという噂があり、現に喧嘩沙汰をたびたび起こして本所方に目をつけられていた。

文太郎の家はさほど大きな構えではなかった。開け放されている戸口に立って訪《おとな》いの声をかけると、目つきのよくない二人の男がすぐにやってきた。ひと目で町方の同心だとわかる洋之助を見て、表情をかたくして身構えた。

「北町の服部という。親分の文太郎はいるか？　ちょいと聞きたいことがあるので取り次いでくれ。取締りじゃないから安心しろ」

応対に出てきたひとりが少し安堵の表情になって、奥に駆け戻っていった。残っている男は、洋之助と連れの三人に警戒の目を向けつづけていた。

「服部の旦那、それじゃこちらへ」

さっきの男が戻ってきて、家の奥へいざなった。洋之助は松五郎たちに待っているようにいい置いて、文太郎の待つ座敷に通された。

「なんの御用でございましょうか……」

文太郎は白髪で小柄な男だった。年は五十半ばだろう。博徒の親分らしく小柄ながら貫禄があるし、横長の細い目には相手を威圧する光があった。

「直截《ちょくさい》に申すが、赤蜘蛛の又兵衛という盗賊一味を探している。聞いたところ、その一味に伊太郎という男がいて、おまえさんの賭場に出入りしていたという」

開け放した障子を背にしている文太郎は、ゆっくり煙管をつかんで、じっと洋之助に目を注いだ。

「又兵衛が何かやらかしましたか。もっとも盗人野郎ですから、盗みをはたらいたんでしょうが……」

「盗みだけじゃない。横山町の商家に入って、主の妻子と奉公人、そして番頭を殺している。又兵衛のことを知っているなら教えてもらいたい」

「伊太郎のことはどこで……」

「火盗改めからの種（情報）だ」

「ほう、このごろじゃ御番所も火盗改めと手を組まれるのですね」

「昔ほど仲が悪いわけじゃない。又兵衛のことを知っている口ぶりだが、どこまでやつのことを知っている」

「やつは博徒崩れです。多少は知っておりますよ」

そういった文太郎だが、洋之助のそれからの問いかけには、のらりくらりとした返事しかしなかった。

七

薬研堀のそばの茶店で、又兵衛は手下たちからの報告を待ったり、ときどき様子を見に立ったりしていたが、吉報はなかった。

手下は舫ってある舟に乗り込み、水のなかをのぞき込んだり、竹竿で川底をつついたりしていたがいっこうに埒が明かない。

又兵衛は潮の満ち引きも考えていた。潮が満ちると大川は水量が豊かになり、引き潮時にものが流される。金箱も流されたかもしれないと考え、難波橋の下流も探させていた。

「あの男、出鱈目をいったのでは……」

又兵衛と茶店の縁台に腰掛けている海亀の長右衛門がつぶやく。又兵衛もだんだんそんな気がしてきた。

「だが、やつは嘘をつけば命がなくなるのを知っている」

「そりゃそうでしょうが、ほんとのことをいっても同じです」

「それじゃ、あの野郎は命を惜しまないっていうのか。それが何のためになる」

「何もないでしょうが……。あれだけいたぶったのに、嘘をつくには何か考えがあってのことじゃないでしょうか」

「どんな考えがあるとぬかす」

又兵衛は冷めた茶をがぶりと飲んで、のんきな顔をしている長右衛門をにらむ。

「それはあの男に聞かなきゃわからないでしょうが、根っから強情な人間なのかもしれません」

そんなことを話していると、仙次郎がやってきた。

「隅から隅まで探しましたが、ありませんぜ。あの野郎、嘘をいったんです」

「くそッ」

又兵衛は拳で自分の膝をたたいた。

「おい、引きあげだ。あの野郎に白状させる。もう手加減などしねえ」

又兵衛は怒りで顔を充血させて立ちあがった。

「又兵衛の手下の伊太郎という男が、おまえさんの賭場に出入りしているのはわかっているんだ。これ以上の隠し立てをすりゃ、おまえさんも賊の仲間とみなしてしょっ引いちまうぜ」

業を煮やした洋之助は、白い顔を紅潮させて文太郎をにらんだ。

隣の部屋に控えていた三人の若い衆が気色ばんで、尻を浮かした。洋之助は言葉を継いだ。

「盗人の肩を持つってことは、おまえさんは又兵衛に弱味でもにぎられているのか。それとも何か義理立てでもしているのか」

「そんなことはありません」

暑くもないのに文太郎は扇子を開いてあおぐ。

「だったら町方に味方してもいいだろう。なにゆえ、やつの肩を持つようなことをいいやがる。……おまえさんがどこを開帳場に使っているか、そのぐらいのことはこちとら先刻承知だ。おれが御番所の人間だってことを忘れているんじゃあるめえ。その気になりゃ賭場の手入れなんざわけねえんだ」

「今度は脅しですか……」

洋之助はギリッと奥歯を噛んだ。だが、苛立《いらだ》ちを必死に抑えた。いまになって文太郎が何か取り引きをしたがっていると感じたからである。


「何かおれに相談でもあるか？　ここだけの話だ。おれにできることなら力を貸す。その代わり、赤蜘蛛の又兵衛について知っていることを教えてくれ」

　ふっと、文太郎は小さな吐息をつき、片頬にかすかな笑みを浮かべた。

「服部の旦那、そういってくださって気が楽になりました」

　つまり、文太郎は先に取引事を持ちかけさせるために、駆け引きをしていたのだ。洋之助は文太郎のことを知恵者だと感心もするが、

（この野郎、気を持たせやがって……）

　と、胸の内で毒づく。

「望みは何だ？」

　洋之助は文太郎を凝視する。

「深川六間堀《ふかがわろっけんぼり》、御籾蔵《おもみぐら》のそばに上総屋《かずさ》という店があります。深川の辰之助《たつのすけ》一家が賭場に使っている店です。つぶしてもらえませんか……」

文太郎は声をひそめて、相手の腹を探るような目を向けてくる。洋之助は短く考えた。文太郎は辰之助一家に遺恨があるのかもしれない。もしくは賭場の客を自分の盆茣蓙《ぼんござ》に取り込みたいのかもしれない。だが、そんなことはどうでもいいことだ。

「わかった。近いうちに手入れをしてつぶすと約束だ。だが、それには少々物入りだ。他の町方にも助をしてもらうことになるが、みんな忙しい身だ。ただじゃ重い腰をあげないだろう」

文太郎は短い笑いを漏らした。

「服部の旦那も隅に置けない人だ。わかりやした。いかほどご入り用で……」

洋之助は指を二本立て、それからもう一本付け足した。文太郎は躊躇いを見せた。

「おい、辰之助一家の賭場をつぶせば、おまえさんの賭場に客が流れてくるはずだ。そうすりゃおれのこの指の数なんか鼻くそみたいなもんだろう」

「服部の旦那も悪でござんすねェ」

「どうする」

文太郎はわかりましたといって、そばにあった手文庫から切餅《きりもち》を差しだした。一分銀百枚（二十五両）を、半紙で包んで封印したのが切餅だ。洋之助はさっとその切餅を懐に入れ、片手を差し出した。その手に一両小判五枚がのせられた。

「話は決まった。赤蜘蛛の又兵衛のことを教えてもらおう」

「いま、どこにいるかわかりませんが、あっしらが使っていた開帳場があります。やつの手下から、半年ほど前にそこを貸してくれと頼まれたことがあります。おそらくそこを隠れ家にしているはずです。していなくてもいまは誰も使っていない百姓家ですから、なにか手掛かりを残しているかもしれません」

「場所はどこだ？」

文太郎は詳しい場所を口にした。それを聞いた洋之助はすっくと立ちあがると、急いで文太郎の家を出た。

「賊の隠れ家がわかった。いまもそこにいるかどうかわからねえが、尻尾はつかめるはずだ」

文太郎一家をあとにしながら洋之助は早足になった。

「それはどこにあるんで……」

がに股の弁蔵が横に並んで聞く。洋之助は文太郎から聞いたことを口にした。すると、松五郎が驚いたような声を漏らした。

「旦那、ひょっとするとあっしはそこに、早乙女の野郎といっしょに行ってるかもしれません」

「なんだと……」

「おいてけ堀のそばにある百姓家だったら、そうかもしれません」

洋之助は少し考えたが、

「その家じゃねえかもしれねえ。とにかくたしかめるのが先だ」


十内は疲労困憊《こんぱい》していた。

どうにかして縛めをほどこうと体を動かしつづけていたが、どうにもならなかった。満身創痍《まんしんそうい》の体に残っている力は頼りなく、頭から足の先までいたるところに痛みがあった。体を動かすたびに、どこかの傷や打撲が刺激され、そのたびにうめきを漏らし、痛みがやわらぐのを待たなければならなかった。

しかし、もうこの縄はほどけないとあきらめの境地になった。

賊に自分の嘘がばれるのは時間の問題だった。必死に薬研堀を探してはいるだろうが、そこには何もない。賊はそのことにいずれ気づいて帰ってくる。

十内は大きく息を吸った。それだけで鈍い痛みが胸のあたりに襲いかかってくる。猿ぐつわをされているので、助けを呼びたくても声も出せない。賊が帰ってきたら、ただではすまないだろう。

金の在処を白状させるために、半殺しにし、白状したところで殺すだろう。死にたくはないが、死期が迫っていることを思うと、これまで味わったことのない恐怖感に襲われた。こんなことだったら服部洋之助に、知っていることを教えるべきだったと後悔した。だが、もういまとなってはあとの祭りである。

雨戸の隙間や節穴から射し込んでくる光の条があるので、家のなかを見まわすことができる。うすぼんやりとしたあかるさだが、自分の刀が奥の間に転がっている。あの刀に手が届けばと思うが、かなわぬことだ。

喉が渇いた。水が飲みたい。投げだしている足の先に、湯呑みと薬缶《やかん》がある。だが、それも届かない位置だ。

表からのどかな鳥の声や風の音が聞こえてくる。

殺されたら自分はどうなる？　人知れないところに埋められるのか……。そうなったら両親に申しわけない。口うるさい母や謹厳実直な父の顔が脳裏に浮かぶ。なにひとつ親孝行していない。

(父上、母上……申しわけもありません)

十内は心中で両親に詫びた。

目に涙がにじむ。後悔の涙か、痛みのせいか自分でもわからない。

(くそッ)

もう一度縛めがゆるまないかと体を動かしたが、どうにもならない。いたずらに体力を消耗するだけだった。

もう終わりだと思ったとき、表から人の足音と声が聞こえてきた。

十内は石のように体をかためた。これで万事休すである。観念したように目をつむったとき、戸口が勢いよく引き開けられた。

第六章　七人の賊

一

「やっぱり空き家じゃないか」

「おい、あれを……」

十内は目を開けた。

二人の若者が戸口に立って、こっちを見ていた。十内は助けてくれと、必死の目で訴え、もぐもぐと声を漏らした。

若者はすぐにやってきて、

「ひでえ怪我だ。大丈夫ですか？」

十内は早く縄を切ってくれと首を動かす。若者が小刀で戒めの縄を切り、もうひとりが猿ぐつわをほどいてくれた。

「恩に着る」

十内は肺腑《はいふ》に大きく息を送り込み、立ちあがろうとしたが、体の節々が悲鳴をあげた。

「悪いが手を貸してくれ」

若者二人は、いったいどうしたのだ、何があったのだとしきりに訊ねたが、

「とにかくこの家を離れたい。安心できるところまで連れて行ってくれ。竪川のほうはまずい」

十内は四つん這いになって、大きく息をした。

「縛ったやつが来るんですね」

満月のように顔の丸い若者が聞く。

「悪いやつらだ。見つかったら殺される」

「そりゃ大変だ。さあ、肩を貸します」

「ちょっと待て。あの刀を持ってきてくれ。おれのだ」

もうひとりが、隣の板の間に転がっている刀を取りに行った。

十内は若者の肩を借りて、賊の隠れ家を出た。雑木林を縫う小径《こみち》を歩きながら、何度か背後を振り返ったが、賊の戻ってくる気配はなかった。

二人の若者は兄弟で、柳島村《やなぎしまむら》の百姓だった。丸顔のほうが兄の平太《へいた》で十七歳。色が黒くて団栗眼《どんぐりまなこ》が弟の正太《しょうた》で十五歳だった。

兄弟は、今日はおいてけ堀に釣りに来て、以前からさっきの家が気になっていたので、のぞいたら縛られている十内を見つけて驚いたと、交互に話した。

十内は歩いているうちに、少しずつ体が楽になっていった。鈍い痛みがやわらぎ、かたまっていた筋肉がほぐされたからだろう。林を抜けるころには、平太の肩を借りなくてもひとりで歩けるようになった。

若い兄弟は好奇心が強いらしく、どうしてこんな目にあったのだ、悪いやつらはどんな男たちなんだ、御番所に訴えたほうがいいなどと心配してくれ、湧き水のそばに連れて行ってくれた。

十内は水を飲み、こびりついている血を洗い流して、やっと人心地ついたが、水面に映る自分の顔はひどいものだった。右目は半分塞がっているし、腫れた唇は奇妙にめくれていた。頭にはずきずきした痛みがあり、瘤《こぶ》ができていた。

「助けてもらって礼をいう。おれはもう心配ないからかまわなくても大丈夫だ。だが、さっきの家にはしばらく近づくな」

十内は二人の兄弟に危害が及ぶのを恐れて忠告した。

畑道に出たところで十内は兄弟と別れ、横十間川の畔《ほとり》に出た。先のほうに町屋があったので、そっちに足を向けた。亀戸町だ。

茶店に入るとにぎり飯を作ってもらい、空腹を満たし、しばらく縁台に横になって体を休めた。いろいろとやらなければならないことはあるが、いまは何も考えたくなかった。


「ここだ」

洋之助は穴熊の文太郎に教えられた家の前に来て立ち止まり、

「用心してついてこい」

と、松五郎と乙吉と弁蔵に顎をしゃくった。

そのまま足音を忍ばせて家に近づいた。人の声も物音もしない。雨戸の隙間に目をあてて家のなかの様子を探るが、人のいる気配はない。

「空き家か……あっちからはいってみるか……」

洋之助は戸口に行き、もう一度家のなかに神経を配って戸に手をかけた。戸は横にするすると開いたが、屋内には誰もいなかった。

「誰かいたようですね」

板の間にあがった松五郎が、湯呑みや転がっている丼を拾いあげていう。洋之助は柱のそばにとぐろを巻いたように重なっている縄を見た。それから板の間に血痕らしき跡をいくつか発見した。

「何かあるか……」

洋之助が聞くと、台所の竈を見ていた弁蔵が、

「しばらく火は使われていないようですね。水瓶の水も少ないですし……」

といって、裏の勝手口を開けて外を見た。

洋之助は十手で肩をたたきながらゆっくり家のなかに視線をめぐらした。賊がいたのかどうかわからないが、誰かがこの家を使っていたのはたしかだ。それもここ数日のことだろう。

(何人だ……)

洋之助はその人数を考えた。板の間にある湯呑みや丼などから推量すれば、少なくとも四、五人の人間がいたはずだ。気になるのは柱のそばに落ちている縄である。誰かが縛られていたのかもしれない。

「何もありませんね」

土間にいた乙吉が洋之助を見てやってきた。どうしますかと訊ねる。

「空っぽの家にいてもしょうがねえ。近所を聞き込みだ。賊を見たものがいるかもしれねえ」

そのまま洋之助たちは家を出た。


十内はうとうとしていた。何も考えずに、小半刻でもいいから眠りたいと思ったのだが、深い眠りに落ちることはなかった。

又兵衛一味はいずれあの家に戻る。そのときに何とかしなければならないが、ひとりでは太刀打ちできない。かといって、助っ人を呼ぶには時間がない。

もう一度戻って賊を見張り、又兵衛らを尾行し、行き先を突きとめる。それがいいかもしれない。隠れ家を見つけられれば、あとはどうにかなるはずだ。

こうなったら服部洋之助を怒らせることになるかもしれないが、知っていることを話すしかないだろう。

(やつらはそろそろ戻ってくるはずだ)

十内はゆっくり目を開けた。真昼の光がまばゆかった。体はさっきよりずっとましになった。腕や膝を動かしてみる。痛みはだいぶやわらいでいた。

「あれ、そこにいるのは……」

そんな声がして、近づいてくる人の気配があった。

十内は半身を起こして、目をみはった。なんと洋之助と松五郎、そして小者の弁蔵と乙吉がそばにいたのだ。

「なんだ早乙女ちゃんじゃねえか。それにしてもそのご面相はなんだ。せっかくの色男が台無しじゃねえか」

洋之助がひび割れ声を発しながら、隣に腰をおろした。

「ひでえ面してやがる」

松五郎が楽しそうな顔でつぶやいた。

「いったいどうしたってんだ。今朝の約束を破ってこんなところで……」

洋之助は十内の顔をのぞき見るような目をして、顔をしかめた。

「今朝は、おめえさんに約束を破られたから、わざわざ家のほうに迎えに行ったんだ。ところが、おめえさんはいねえし、家は盗人に入られたように荒されていた。ところがお岩みたいなひでえ顔になって、こんなところで昼寝と洒落《しゃれ》込んでいる。いったい何があった？」

十内は大きく嘆息して、どこから話そうかと考えたが、

「賊に捕まったんだ」

と、いった。

「なに……」

「話せば長いが、昨夜家に帰ったら賊に襲われ、それでこの近くにある隠れ家に連れ込まれ、散々な目にあった」

「賊というのは三河屋を襲った赤蜘蛛の又兵衛一味のことか」

十内は目をしばたたいた。腫れている目が少し痛かった。

「なぜ、又兵衛一味が三河屋を襲ったことを知っている」

「それよりなぜ、おめえさんはやつらに襲われたんだ？　きさま、賊を見つけてい

たのか」

洋之助の目が厳しくなった。

十内は正直に、これまでのことを簡略に話した。洋之助は顔を紅潮させて怒った。

「おい、知っていながら、おれに黙っていたっていうのか。勝手な真似をしやがって。てめえが先に話してくれりゃ、面倒な調べをしなくてすんだんだ。なぜ、そんなことをしやがった」

「三河屋に賊がはいるのを見ておきながら、おれはそれを止めることができなかった。もっともあのときは賊だとは気づかなかったんだが、もっと考えるべきだった。そのせいで三河屋に被害が出た。おれのせいだ。だから……」

「べらぼうめッ！ おめえが先におれに知らせてりゃ、番頭の周兵衛は殺されなくてすんだかもしれねえんだ。てめえは何をやったかわかってんのか」

洋之助は嚙みつくような顔でつばを飛ばした。

「おれに落ち度があったのは認める。だが、いまここで暇をつぶしてる場合じゃない。やつらはあの家に戻るはずだ。薬研堀に金箱を探しに行っているが、そんなものはない。おれを締めあげて、金の在処を吐かせるつもりだ」

「賊は何人だ？」

「他の手下がいなけりゃ、七人だ」

洋之助は怒りを抑えて考える目つきになった。

「これから助を仕立てる暇はねえ。それに、あの家にやつらが戻ってくるかどうか、たしかめなきゃならねえ。よし、さっきの家に戻るんだ」

二

又兵衛はおいてけ堀の家に戻って唖然《あぜん》となった。

ぽかんと口を開き、早乙女十内を縛りつけていた柱を眺めた。

「どうやって逃げたんだ……」

「決して逃げられないように縛ったんですけど……」

おどおどしていう栄次を、又兵衛はいやっていうほど殴りつけた。

「逃げてるじゃねえか！　それにやつの刀もねえ」

又兵衛は座敷に上がり込むと、柱のそばに落ちている縄をつかんで足許にたたきつけた。

「誰か助けが来たんだ。いったい誰が来たっていうんだ」

又兵衛はぎらつく目を仲間に向けた。

誰も何もいえずにいる。

「やつの家はわかってる」

清水源七郎だった。

「いや、やつはすぐに家に戻りゃしねえでしょう」

「まあ、そうだろう」

「だけど、やつは金箱を持っているんです。取り返さなきゃなりません」

仙次郎だった。

「そんなことはいわれなくてもわかってる！　黙りやがれッ！　いうんだったらもっとましなことをいわねえか！」

又兵衛は苛つきながら歩きまわった。

「訴えでも出されたらことです。そのことを考えてもいいんじゃ……」

長右衛門だった。

部屋のなかを歩きまわっていた又兵衛は立ち止まった。

「訴えなんか出すわけがねえ。やつは大金を手にしてるんだ。あれだけの金がありゃ、あの家に戻らなくてもどうにでもなる。え、そうじゃねえか」

「たしかにお頭のおっしゃるとおりで……」

仙次郎が仲間の顔を見ながらいう。

「やつがどこへ逃げたかだ。おそらく金を隠したところへ逃げたとは思うが……」

又兵衛はどっかり座って腕を組むと、宙の一点を見据えてあらゆることを考えた。それから「もしかして……」とつぶやいた。

まわりにいる手下が身を乗りだすようにして見てくる。

「やつの仲間かもしれねえ。そいつがこの家のことを早乙女から聞いて知っていたとしたらどうだ」

「考えられることだ」

源七郎が相槌を打つように顎を引いた。

「そいつは、金のことも聞いているはずだ。金箱をここから盗んだということをな。それで今朝、早乙女の家に行ったら留守だったばかりか、家が荒されている。これは何かあったと頭をはたらかせる」

「それでこの家に見当をつけてやってきたと……」

長右衛門が言葉を添え足した。

「そういうことがあってもおかしくはねえはずだ」

又兵衛がつぶやくようにいったとき、伊太郎が「あの男では……」と、何か思いあたるような顔をした。

「お頭、善吉といっしょにやつを探していたときです。三河屋のそばにある小料理屋にやつがいたとき、連れがいました。あいつじゃないでしょうか」

又兵衛も思いだした。股引《ももひき》に着物を尻端折りした固太りの職人風情だった。

「そうか、やつかもしれねえ。やつはまだ早乙女が盗んだ金を見てねえ。だから、必死に考えをめぐらせて、早乙女を探しに来て助けたのだ。もし、そいつが金の在処を知ってりゃ、七面倒くさいことはやらない。そうじゃねえか」

みんな納得したようにうなずく。

「そいつは早乙女を助けたことで恩を売った。その見返りに多くの礼金か分け前をもらう腹かもしれねえ。早乙女はその仲間が助けに来てくれるかもしれないと思い、刻を稼ぐためにおれたちに嘘をついたんだ。金箱を薬研堀に沈めたといって……くそッ」

「お頭、ひょっとしたら端からその男と動いていたってことはどうです」

　仙次郎がいう。

「そうかもしれねえが、おめえも清水さんも早乙女しか見ていなかったんじゃねえか」

「どこか離れたところにいたのかもしれません。いや、そうなると金箱もひとりで盗んだんじゃないってことになりますね」

「もうそんなことはどうでもいいだろう。やつに仲間がいたのか、いるのかわからぬが、早乙女を見つけなきゃ金は戻ってこないんだ」

　源七郎が業を煮やしたようにいった。

「清水さんのいうとおりだ。だが、どうやってやつを探す」

「人相書きはあるんだ。また、手下らを使って探すしかないだろう。それにやつの家はわかっている。見張りをそばにつけておくのもひとつの手だ」

「それはそうだ。おい、てめえらも木偶《でく》の坊みてえに黙ってつっ立っていねえで、何か知恵をだされえか」

又兵衛は仲間に苦言を呈して、煙管をつかんだ。

三

十内、洋之助、松五郎、弁蔵、そして乙吉の五人は、賊のいる百姓家を見張っていた。そこは楢や櫟や杉の乱立する雑木林のなかだった。

見張っている百姓家に人がいるのはたしかだった。雨戸が一枚開けられたし、半開きになった戸口の奥に人の姿がある。

「何人いるんだ？」

洋之助が目の前の木の葉をちぎってくわえた。

「おれが捕まっているときにいたのは、七人だった。清水源七郎という浪人が用心棒だ。こいつは腕が立つ」

十内は百姓家に目を向けたまま答えた。

「赤蜘蛛の又兵衛は……」

「残忍な男だ。それから仙次郎という男も油断できぬ」

「他のやつは……」

洋之助はくわえていた葉っぱを、ぷっと吹き飛ばした。

「腕っ節はどうだかわからないが、みんな一癖も二癖もある顔つきだ」

「盗人だからな。そうか、七人か……」

「いや、いまは手下を増やしているかもしれない」

「だったら厄介だし、面倒だ。どうするか……」

洋之助がつるりと顎をなでたそのとき、ひとりの男が戸口から出てきた。狐顔の仙次郎だった。

「やつが仙次郎という男だ」

十内がつぶやくと、つぎつぎと男たちが表に姿をあらわした。洋之助たちは息を呑んだまま、賊一味を凝視する。

「あの背の高い浪人が用心棒の清水源七郎って野郎だな。刀を差してるのは三人か。もっとも他のやつも懐に匕首は呑んでいるだろうが……」

「やはり七人だな。七人で薬研堀を浚《さら》ったのか」

「そんなことはどうだっていい。相手が七人ならなんとかなる。こっちは五人なんだ」

洋之助が腰をあげようとしたので、十内は慌てて制した。

「逃げられたらおしまいだ。やつらは別の隠れ家を持っている。そっちを探りあてるべきではないか」

「そっちにも人がいたらどうする？」

「そのときは何か考えるしかない。いま、追いかけていって捕まえようとしてもうまくいくかどうかわからない。逃げられたらことだ」

「赤蜘蛛の又兵衛を押さえればいいんだ」

「容易くないだろう」

「じゃあ、どうするというんだ」

洋之助が気に食わないという目を向けてくる。その間に、七人の賊は竪川のほうへ向かっていた。その姿が木々に見え隠れする。

「誰か使いを走らせ助を頼むんだ」

「捕り方を仕立てる暇はねえ。それにどこにその捕り方を向かわせるというんだ。

そうじゃないか」

「まあ……」

「この一件はおれがあずかっている。おれの手柄にしなきゃ顔が立たないんだ」

ようするに洋之助は手柄を独り占めにしたいだけなのだ。十内は上を見あげた。

木々の枝葉の向こうに、秋の空が広がっている。林の奥で甲高い鳥の鳴き声がした。

「やつらはひとつにかたまっては動かないはずだ」

十内は顔を戻した。

「何か考えがあるってことか？」

「これからどこへ向かうのか知らないが、おれたちは別れて動こう。二人ひと組で
……」

「ひとりで動くやつが出る」

「それはおれがやる」

洋之助は考えたが、いいだろうと折れた。

「だけど早乙女ちゃん、今度は勝手なことは許さねえぜ」

「……わかってる」

洋之助はがに股の弁蔵と、松五郎はぎょろ目の乙吉と組むことにした。

「賊の頭は又兵衛だ。それはおれが受け持つ」

洋之助がいって立ちあがった。

「みんな、さっきの賊の顔は覚えているな」

十内はあとについてくる松五郎と乙吉、弁蔵を振り返った。三人ともわかっているとうなずく。

「連絡《つなぎ》の場所は横山町の自身番だ。わかったな」

洋之助が指図をして、弁蔵に顎をしゃくった。

十内たちは、少し間を置いてあとを追った。

又兵衛を頭とする賊たちは、南本所瓦町の河岸道に出ると、そのまま旅所橋をわたった。そのまま竪川沿いの河岸道を辿っていき、大横川に架かる北辻橋《きたつじばし》をわたったところで立ち止まった。

十内たちは気取られないように十分な距離を取り、商家の軒下を利用して賊たちを尾けていた。

北辻橋の西詰めで立ち止まった賊は、短く立ち話をして二手に分かれた。伊太郎と栄次が、そのまま河岸道を西に向かい、残りの五人は大横川の河岸道を北へ歩きだした。

「早乙女ちゃん、あの二人を追え。おれたちは又兵衛たちを追う」

洋之助が指図した。

十内は不服に思った。伊太郎と栄次は雑魚《ざこ》だ。だが、ここで逆らうことはできない。

「そうしよう」

十内は金物屋の軒先を出て、伊太郎と栄次を尾けることにした。不安があるとすれば、洋之助が短気を起こして五人の賊を捕縛するために動くということだった。

洋之助は町方の同心だからそれなりの腕はあるだろうが、他のものたちには心許ないものがある。それに又兵衛には清水源七郎という用心棒がついている。

十内は竪川を行き交う舟を見た。舟の立てるさざ波が、きらきらと陽光をはじいていた。

伊太郎と栄次は二ツ目之橋のそばにある茶店に立ち寄った。二人並んで床几に座り、短く言葉を交わすと、栄次が橋をわたって深川のほうへ歩き去った。

十内はどうしようか考えた。

(どっちを追うべきか)

伊太郎と栄次のどっちが賊のなかで格が上かといえば、伊太郎だ。十内は散々いたぶられているときに、賊の上下関係をそれとなく把握していた。栄次のことは放って、伊太郎を尾けると決める。

伊太郎はどことい って目立つ男ではない。平凡な顔立ちだし、身なりもその辺のおとなしい町人という感じだ。特徴がないだけに人の記憶に残りにくい。

伊太郎は茶を飲むと、すぐに茶店を出て竪川沿いの道をまた西に向かって歩きはじめた。十内は気づかれないように細心の注意を払って尾行する。

ところが両国東広小路の雑踏に来て、伊太郎を見失ってしまった。目立たない男だから探すのに往生する。十内は雑踏のなかに立ち、見世物小屋や矢場や水茶屋に目を注ぐが、伊太郎はどこにもいない。

(どこだ、どこに行きやがった)

十内は足を急がせては立ち止まり、あたりを見まわす。そんなことを繰り返しているうちに、船宿から出てきた伊太郎を見つけた。

(相手はひとり、こっちもひとり)

十内は伊太郎を尾行しながら考える。伊太郎は又兵衛の指図を受けて動いているに過ぎない。自分もそうだが、洋之助と町奉行所の目的は、賊の首魁《しゅかい》である又兵衛を捕らえることである。だったら、伊太郎を尾行する意味はあまりない。

十内は足を急がせると、伊太郎の背後に近づいて、その肩をたたいた。びくっと立ち止まった伊太郎が振り返り、大きく目をみはった。

「伊太郎というんだな。又兵衛の隠れ家に案内してもらおうか。へたなことをすれば、遠慮なくばっさりやる」

十内は脇差の切っ先を伊太郎の腹に向けていた。顔面蒼白になった伊太郎は、ごくりと生つばを呑んで、

「そ、そんなことしたらおれが殺される」

と、ふるえ声を漏らした。

「だったらおれが殺してやる」

十内はにらみ据えた。唇がめくれあがっているし、片目はつぶれたようになっている。そのまわりは青黒く腫れている。それだけひどい顔になっているから、凄み

がある。

「案内してくれたらてめえは、好きなところへ逃げていい。おれは又兵衛に用があるだけだ。どんな用かは聞かなくてもわかるだろう」

十内はいいながら、伊太郎が懐に呑んでいる匕首を奪い取った。

「……案内したら逃げていいんだな。嘘じゃないな」

「おれは嘘と盗みが嫌いな男だ。おとなしく案内するんだ。さあ……」

突きつけている脇差に力を入れると、伊太郎はため息をついて歩きだした。

「変な気は起こすな。逃げようとしたらばっさりゆく」

十内は伊太郎の背後について脅しをかける。それから二ツ目之橋でわかれた栄次がどこへ行ったかを聞いた。

「おまえを探すために手下に会いに行ったんだ」

「その手下は何人いる?」

「……さあ、何人だろう。十人か二十人か……おれの知らない野郎もいるから、はっきりしたことはわからない」

言葉どおり受け取っていいかどうかわからないが、その場かぎりの雇われ者もいるはずだ。いずれにしろ、首領の又兵衛を押さえなければならない。

「又兵衛たちはどこへ何をしに行ったんだ？」

「そんなことはおれに聞かれてもわかることじゃない。だが、お頭はおめえを必ず探しだして殺すと息巻いていた」

「物騒なことを……ご勘弁願いたいね」

十内はいつでも刀を抜けるように、刀の柄《つか》に手を添えて歩きつづけた。

四

洋之助たちは細心の注意を配らなければならなかった。

なぜなら又兵衛ら一行が業平橋《なりひらばし》をわたって、閑散とした百姓地にはいったからだ。自分たちの身を隠すものが少ない洋之助たちは、尾行に気づかれないために往生した。救いは周囲の田に実った稲穂が繁茂していることだった。それでも、身を低くし、畦道を辿り、窪地を歩くことを強要された。

又兵衛らは曳舟川《ひきふねがわ》沿いの道をそれると、須崎村の野路を北へ辿りつづけた。

「いったいどこへ行くつもりなんだ。こっちにやつらの隠れ家があるというのか……」

洋之助はぼやきながら、稲田の陰からわずかに腰をあげて先の道を行く五人をたしかめる。賊は背後も振り返らずに歩きつづけている。

「行くぜ」

洋之助は相手との距離が十分できると、いっしょにいる松五郎たちをうながした。

ちょっとした油断だった。

伊太郎はおどおどしながらもおとなしく十内を案内していたが、源森橋《げんもりばし》をわたり水戸家の蔵屋敷の前に来たとき、いきなり駆けだした。

十内はふいのことに慌てたが、道は向島の墨堤《ぼくてい》につづく一本道である。見失うことはない。しかし、伊太郎は必死の韋駄天《いだてん》走りである。

追う十内は息を喘がせながら手足を動かす。痛めつけられた体が軋む。太股《ふともも》のあたりに鈍痛があり、力を入れられない。それでも伊太郎を逃がすわけにはいかないから歯を食いしばって追う。

伊太郎は水戸家の長塀を過ぎると、小梅村《こうめむら》の百姓地にむささびのような敏捷《びんしょう》さで入り込んだ。十内は土手を駆けおり、畦道を走る。追われる伊太郎が必死の形相で、何度か振り返った。

周囲は稲田なので隠れる場所がない。近くに雑木林はあるが、隠れるほどの木々はなかった。伊太郎は三囲《みめぐり》稲荷の裏側を逃げる。十内との距離は開いたままだ。

(待ちやがれ。待つんだ。逃がしゃしねえ)

十内は胸中で呪文のようなつぶやきを漏らして駆けつづける。伊太郎の姿がぱたっと、稲田の陰に隠れて見えなくなった。

十内ははっとなったが、伊太郎が立ちあがったのを見て、つまずいて倒れたのだと知った。おかげで手の届きそうなところに伊太郎の背中があった。

「待て」

十内は声を発した。伊太郎は「はあはあ」と、息を喘がせて逃げ道を探そうとあちこちを見ている。もう二人の距離はなかった。

十内は渾身の力をふりしぼって駆けると、伊太郎の後ろ襟をつかんで引き倒した。

「この野郎……はあはあ……」

十内は馬乗りになって伊太郎を取り押さえた。伊太郎は荒い息をして十内を見あげてくる。勘弁してくれと泣き言をいう。

十内は片手で伊太郎の襟首を押さえると、したたる汗を手の甲でぬぐい、

「又兵衛の隠れ家はこの近くなんだな。どこだ、どこにある」

と聞いた。

「いえば逃がしてくれるか？」

「そんなことよりいうんだ。いいか、おれはてめえらが盗んだ金を取り返しただけで、あれを自分のものにしようとは思っちゃいない。それに、おれは町方の助をしている男だ。盗みをはたらき、罪もない三河屋の人間を殺した盗人を許すことはできねえ。又兵衛の隠れ家を教えなきゃ、いまここでてめえの喉をかっ切るだけだ」

十内は脇差の刃を伊太郎の首につけた。

「いえ……」

「ま、満願寺の裏だ。近くに小川が流れている」

「満願寺のどっち側だ？」

「東のほうにある。家はそう大きくない。町方の助をしてるってほんとうか……」

伊太郎は目をぱちくりさせる。

「おまえのいっていることが、ほんとうかどうかたしかめてくる。立て」

十内は伊太郎の問いには答えずに、手を後ろにひねりあげて立たせた。そのとき、伊太郎の懐から一枚の紙がはらはらと落ちた。十内はそれを拾って、眉間にしわをよせた。

なんと自分の人相書きだったのだ。

「おい、てめえらは人相書きを作っておれを探していたのか。ご丁寧に似面絵まで描いてあるじゃねえか」

「お頭の考えだ」

「ふざけたことを……」

なぜ自分が待ち伏せをされたのか、どうやって賊が自分の家を探りあてたのかという疑問が解けた。人相書きを作った又兵衛は、手下を総動員して自分を探していたのだ。

十内は人相書きをぐしゃぐしゃにまるめて捨てた。

そのまま墨堤まで出ると、須崎村の名主の家を訪ねた。三囲稲荷と弘福寺《こうふくじ》の間にある百姓家である。

十内は亀兵衛《きへえ》という名主に簡略に事情を話して、伊太郎を縛りあげて預かってもらうと、その足で満願寺に向かった。同寺は鎮火の霊験・産業縁結びの神徳があるといわれ、庶民はもちろんのこと諸国の大名などからも厚い信仰を受けていた。

だが、十内が向かうのは満願寺そばにあるらしい、又兵衛一味の隠れ家である。

伊太郎の説明は曖昧《あいまい》だったが、このあたりは市中のように家が建て込んでいるわけではない。話がほんとうなら、すぐに見当がつくはずだった。

満願寺の表参道を過ぎ、しばらく行ったところだった。道の脇から松五郎があらわれた。

「何やってやがる。こっちに来い」

相変わらず剣突《けんつく》なものいいで手招きをする。いつになく緊張感を漂わせているので、黙ってしたがうと、小さな稲荷社の陰に洋之助が隠れていた。

「どうしてこっちに来た」

洋之助が低声でにらんでくる。十内が簡略に経緯を話すと、

「それならまあいい。かえって都合がよかったというもんだ。賊の隠れ家を見つけた。あの畑の先にあるのがそうだ」

と、洋之助が半町ほど先にある一軒の家を教えた。樅《もみ》の生け垣をめぐらした家がある。庭に植えられている松や竹が、垣根からのぞいていた。

「おそらく相手は五人だ。こっちも五人。これで五分と五分。差しで勝負ができる」

「喧嘩をするんじゃない。押さえるんだ。それに相手を甘く見ないほうがいい。だが、ほんとうに五人しかいないのか？」

十内は洋之助を見た。

「それをたしかめているところだ」

洋之助は苦々しい顔で、賊の隠れ家に目を注ぐ。

あたりは静かだ。黄色い実をつけた稲田を風が吹きわたる。そのたびに、稲田は波のようにうねった。秋の日は西に傾き、木々の影を長くしている。

半刻ほど待ってみたが、人の出入りはない。

「乙吉、おまえなら頬被りをするだけで、この辺の百姓と見分けはつかねえ。感づかれないように探ってこい」

洋之助に命じられた乙吉が、腰の手ぬぐいを頭に被って歩いていった。道端に落ちていた棒切れを拾って、杖代わりにするという気の入れようだ。

十内たちは乙吉の様子を見ていたが、そのうち垣根の向こうに隠れて見えなくなった。賊の隠れ家は、向島にある商家や旗本の寮（別荘）に似た造りである。もともとはそうだったのかもしれない。

しばらくして、反対側の道から乙吉が戻ってきた。

「旦那、やっぱり五人です。他にはいません」

「たしかだな？」

「まちがいありません。それに裏口はありませんので、門口を押さえれば逃がすことはないでしょう」

洋之助は唇を噛んで短く考えた。

「よし、乗り込む。こうなったら一世一代の捕り物だ」

洋之助は持ち歩いている襷を掛け、手ぬぐいで鉢巻きをした。十内も腹をくることにした。小袖の裾を端折り、刀の下げ緒で襷を掛けた。

西の空に浮かぶ雲が、わずかに赤みを帯びていた。

「行くぜ」

洋之助が立ちあがったが、すぐに十内が止めた。

「清水源七郎という用心棒はおれが相手をする。服部さんは又兵衛を押さえてくれ。松五郎、おまえは仙次郎という野郎を頼む。乙吉と弁蔵は門口で他のやつを逃がさないようにしろ」

いちいちえらそうなことをいいやがると、松五郎がちらりと十内をにらんで吐き捨てた。

「刃向かったら斬り捨ててかまわぬ」

洋之助が言下にいった。

五

「お頭、もう少し頭を冷やして考えたらどうです」

長右衛門の言葉に、又兵衛は牙を剥くような目を向けた。

「それじゃどうしろってんだ。おれたちゃ金を盗まれたんだ。仲間も殺されている。そのことを忘れて落ち着いていられるかってんだ。ええ、考えてもみな。おれたちゃ、早乙女って野郎にこけにされたんだ。おりゃどうやってもあの野郎を探しだして、ぶっ殺す」

又兵衛は吼えるようにいうと、匕首を素早く引き抜いて、畳に突き刺した。

「だが、どうやって探す。やつはすでに遠くへ逃げたかもしれぬのだ」

清水源七郎だった。

「三日だ」

みんなは又兵衛を見る。

「三日探して見つからなかったら、江戸を離れる。手下にも金を分けなきゃならねえ。ここでしぶったら、やつらもおれから離れてゆくだろう。残り金は少ねえが、つぎの支度をするしかねえ」

「それじゃ三日の間にあの野郎を探すしかありませんね」

仙次郎だった。

「そうだ。あの野郎は一度ぐらい家に帰るかもしれねえ。仙次郎、おめえはやつの家を見張るんだ。彦六、やつの素性を徹底して調べろ。女がいりゃ、その女のとこにしけ込んでるかもしれねえ。とにかく三日で片をつける。そのつもりでいるんだ」

「それじゃ早速にも、彦六さん行きましょう」

仙次郎が立ちあがって彦六をうながした。

又兵衛は大きな嘆息を漏らして、戸口に向かう仙次郎と彦六を見送った。仙次郎が戸を開けると、衰えた日の光が土間に射し込んできて、座敷をあかるくした。

「やッ！」

突然、仙次郎が驚いたような声をあげた。

又兵衛たちはそっちを見た。

門口をはいってすぐのことだった。

閉まっていた戸ががらりと開き、仙次郎があらわれたのだ。十内たちも驚いたが、仙次郎も驚きの声を漏らして気色ばんだ。

「お頭、早乙女の野郎が向こうからやってきましたぜ！」

仙次郎は喚《わめ》きながら長脇差を引き抜いた。その背後からどやどやと又兵衛らがやってきて、庭に散った。

十内と洋之助、そして松五郎、弁蔵、乙吉の五人は、又兵衛らと対峙《たいじ》した。

「なんだてめえ、町方を連れて来やがったか」

又兵衛が洋之助を見て吐き捨てた。

「北町奉行所の服部洋之助だ。赤蜘蛛の又兵衛、年貢の納め時だ。おとなしく縛《ばく》につけといっても……そんなことに耳を貸すような面じゃねえか……」

洋之助が一歩前に出て、赤い唇を指先でなで、又兵衛以下の面々を睨《ね》めつける。

「よくここがわかったな。どうやって嗅ぎつけたか知らねえが、こうなったらてめえらひとりも生かしちゃ帰さねえぜ」

「やれるもんならやってみるがいい」

洋之助が腰の刀をさらりと抜いた。刃が傾いた日の光をはじき、又兵衛の顔を照らした。

「町方ごときに尻込みするようなおれじゃねえ。それに早乙女、今度という今度は容赦しねえ。その腹かっさばいてでも、盗んだ金箱を返してもらうぜ」

「あれは三河屋のものだ。おまえらの金じゃない」

「ほざきやがれッ！」

又兵衛は顔を紅潮させると、刀を抜き払い、鞘《さや》を放り投げるやいなや、目の前にいる洋之助に撃ちかかった。

対する洋之助は右足をわずかにずらすと同時に、抜きざまの一刀で又兵衛の刀をすりあげて右に払った。

「清水源七郎、おれが相手だ」

十内は源七郎をまっすぐ見て刀を抜いた。

「望むところだ」

応じた源七郎が、地を蹴って大上段から峻烈《しゅんれつ》な一撃を送り込んできた。十内は体をひねってかわすと、源七郎の斜め後方に立ち、すかさず肩を狙って撃ち下ろしたが、うまくかわされた。

十内は狭い庭を嫌って、ゆっくり背後にさがり、表道に源七郎を誘った。源七郎は釣られたように間合いを詰めてくる。

「先日は不覚をとったが、今日はそうはいかぬぞ」

源七郎は青眼に構えたままじりじりと間合いを詰めてくる。十内は青眼から右八相に構えなおし、源七郎の隙を見いだすために左に動いた。

道端の赤い彼岸花が風にそよいでいる。

傾いた日が、二人の影を長くのばしていた。

源七郎がゆっくり剣先をあげていった。十内は右八相のままである。乱れた小鬢《こびん》が風にふるえ、源七郎の袴《はかま》の裾が小さくはためいた。その瞬間、源七郎が大きく伸びあがるような動きをした。

十内は右に飛びながら源七郎の胸を斬りにいった。ところが、目の前から相手の姿が忽然《こつぜん》と消えた。

(あッ!)

心中で短い叫びをあげた十内は、とっさに体をひねって腰から地に転げた。源七郎は面を狙うと見せかけて、脛《すね》を撃ちにきたのだ。まったく虚をつく動きに、十内は対処できなかった。地に転がるなり、素早く片膝を立てたが、そこへ大上段から撃ち込まれた。かわす余裕はなく、下からすりあげるようにして源七郎の刀を受け止めると、そのままゆっくり立ちあがった。

歯を食いしばり、顔と顔がくっつかんばかりのまま、鍔《つば》迫《ぜ》り合う恰好になった。

「柳剛流か……」

十内は食いしばった歯の隙間から声を漏らした。源七郎は黙したまま、離れる間合いをはかっている。十内は源七郎の鋭い脛撃ちを見て、柳剛流だと悟ったのだ。

柳剛流の極意は、防御のあまい脚部を狙った撃ち込みである。戦場で戦う介者《かいしや》剣術のひとつで、江戸の諸流派におそれられる技だった。

「これだけの腕がありながら盗人の片棒を担いでいるとは、見下げたもんだ」

「ほざけッ」

源七郎は短く吐き捨てて離れようとした。だが、十内は押すように体をよせる。

「うぬ……」

源七郎がうめく。十内より背が高いので、見下ろすようににらんでくる。

(こいつはもう一度離れようとする。そのときだ)

十内は相手の心中を読み、わざと誘うように刀をつかんでいる手に力を込め、腰から押すように動いた。源七郎も押し返してきたが、それはほんの一瞬のことで、つぎの瞬間すかさず飛びすさった。

土埃が風に巻きあげられ、互いの間が一間になった。

だが、その間合いは束の間のことで、源七郎が先に撃ち込んできた。十内は逃げずに相手の剣尖の動きを読み、地面をたたくように刀を振りおろした。

一瞬の賭けだったが、やはり源七郎は脚を狙ってきたのだった。だが、十内の刀が、源七郎の一撃を阻んだ。

源七郎は驚いたように、くわっと目を剝きさがろうとしたが、十内の刀の動きが速かった。さがろうとした源七郎の胸を逆袈裟に斬りあげたのだ。

迸る血潮が西日を受けて弧を描き、乾いた地面に一本の条を作った。十内は残心をとったまま、動かなかった。源七郎は右手で持った刀を落とし、膝からくずおれ、そのままどさりと横に倒れた。

十内は急いで庭に戻った。弁蔵が彦六に縄を打っていれば、乙吉は長右衛門を組み伏せて腕をねじりあげていた。

だが、松五郎が仙次郎に追い込まれ、壁に背中をつけたまま窮地に陥っていた。

十内は伊太郎から奪っていた匕首を帯から抜くと、そのまま仙次郎に投げた。

匕首は西日をはじきながら一直線に飛んでゆくと、仙次郎の右肩の後ろに突き刺さった。

「うわっ」

斬りかかろうしていた仙次郎の体勢が崩れると、松五郎は頭からぶつかってゆき、仙次郎を押し倒した。十手でそのまま仙次郎の首をぐいぐい押しつける。

仙次郎は歯を剝き出しにして払いのけようともがくが、松五郎の馬鹿力には抗することができずに、足をばたつかせていた。

十内は、火花を散らしながら斬り結んでいる洋之助と又兵衛のそばに行った。

「助太刀を」

十内が割ってはいろうとしたが、

「無用だ！」

と、洋之助が怒鳴るなり、突きを送り込んできた又兵衛の刀をすり落とし、左太股をざっくり斬った。

「あうっ……」

うめいた又兵衛は足を引きずりながら後ろにさがった。兎《うさぎ》のように赤くなった目を血走らせ、口の端にあぶくのようなつばを溜めていた。

「ここまでだ、又兵衛」

洋之助がだらりと刀を下げて間合いを詰めた。

「うるせえッ！」

又兵衛が片手斬りの一刀を洋之助に撃ち込んだ。だが、それはあっさりかわされた。片足に傷を負っている又兵衛の体が反転すると、洋之助の刀が一閃《いっせん》した。

「斬るなッ」

十内はとっさに止めようとしたが、遅かった。

又兵衛の背が真一文字に斬られていた。着物が左右にはらりとわかれると、又兵衛はそのまま地に突っ伏した。背中に彫られた赤蜘蛛が夕日のなかに浮かびあがった。

「早乙女ちゃん、斬っちゃいねえよ」

肩で荒い息をしながら、洋之助が十内を見て、にやりと笑った。

「お見事……」

十内は感心のつぶやきを漏らした。

六

向島の墨堤はすっかり夕日に包まれていた。

畑仕事をしていた百姓たちが、のんびりした足取りで家路を辿っている。土手には彼岸花が咲き乱れ、伸びはじめているすすきが吹きわたる風にそよいでいた。

賊を捕縛した十内たちは、墨堤をめざして歩いていた。捕縛したのは頭の又兵衛、仙次郎、長右衛門、彦六の四人である。

それぞれに後ろ手に縛られ、一本の綱で数珠《じゅず》つなぎにされていた。又兵衛は斬られた足を引きずっている。仙次郎は縛られたあとも反抗の素振りを見せたが、喚き散らす声は、松五郎に喉をつぶされたせいか、喘息《ぜんそく》のようなかすれ声でしかなかった。

又兵衛の隠れ家にあった金箱は、弁蔵と乙吉が代わりばんこに担いで運んでいた。

土手道に出ると、十内は須崎村の名主の家を訪ね、縛りあげていた伊太郎の身柄を引き取った。それからすぐそばの舟着場から、二艘の舟に五人の賊を乗せて大川を下った。

洋之助はまず、横山町の自身番に行き、五人の賊の口書きを簡単に取り、それから大番屋へ移送の手配を整え、町奉行所から応援がやってくる間に、

「早乙女ちゃん、ひとまず段取りはつけた。おまえさんが奪い返した金を取りに行かなきゃならない。案内してくれるか」

と、十内を誘った。

「番屋を離れて大丈夫か？」

「きっちり縛りあげてんだ。逃げられっこないさ。さあ、金を取りに行こう」

十内と洋之助はそのまま生駒緑堂の家に行くと、あずけた金を受け取った。

「金箱はどうする？　由梨とお夕の家にあずけてあるんだが……」

「金箱はあとでいい。それよりものは相談だ」

緑堂の家を出るなり、洋之助が立ち止まってにたついた。

「相談とは……」

「あれだ。その、おまえさんがやつらから奪い取ったこの金だ」

「ふむ」

「早乙女ちゃんは、又兵衛らに薬研堀に沈めたといったそうだな」

「思いつきの嘘だ」

「それが嘘ではなかった。だが、沈めた金箱を探したがどこにも見あたらなかった。又兵衛らも必死に探したが見つけられなかった。そして、おれたちも探したがやはりなかった」

「何をいいたい」

十内はにたついている洋之助をまっすぐ見た。町は夕靄に包まれており、近くの料理屋の軒行灯が、洋之助の片頬を赤く染めていた。

「何をって……つまり、この金だ」

洋之助は二人で抱え持っている金を見る。

「これはおれたちがいただく。いま話したようなことにしておけば、辻褄《つじつま》が合うってもんだ。いい話だと思わねえか。おれと早乙女ちゃんが、そう思い込んで、口裏を合わせておけばいいだけのことだ」

十内は持っていた金包みを足許に落とした。それは洋之助の足の上に落ちた。

「痛ッ。何しやがる」

洋之助は痛さに顔をゆがめた。十内は厳しい目で洋之助をにらむ。

「本気でいってるんじゃないだろうな。町方ともあろうものが、そんなことをしたらどうなる。いいか服部さん、おれは今回死ぬほど怖い目にあった。危うく殺されるかもしれなかった。だが、そうなったのもおれのせいだ。おれが三河屋にはいった賊に気づかず、なんの知恵もはたらかせず、間抜け面でやつらのことを遠目に見ていたからだ。そのせいで、三河屋で悲劇が起きてしまった。番頭も殺された。そりゃ賊のことは許せないが、おれはおれのことも許せないから命を張って動いたんだ」

「まあ、そりゃよくわかるけどな。ま、かたいことはいいっこなし……」

「黙れッ！」

洋之助は口をつぐんで、渋面を作った。

「金はきっちり三河屋に返す。それがせめてものおれなりの償いだ。もし、いまいったようなことを本気で考えているなら、おれはお白洲《しらす》の上でありのままあんたのことを話す」

「ちょちょっと待て。そりゃないぜ。人聞きが悪い。なんだかなァ、早乙女ちゃんも冗談がわからねえやつだな。さっきのは冗談に決まってるだろう」

うおっほんと、洋之助は空咳《からぜき》をして、

「それにしても堅苦しいことをいいやがる」

と、苦虫を噛みつぶしたような顔になった。

「金をそこに置いてくれ」

十内は真顔で命ずるようにいった。

「なんだ、どうしたんだ」

「いいからそうしてくれ」

洋之助はしぶしぶと、抱えている金包みを足許に置いた。

「おれの財布から抜き取った金を返してもらおう」

「なんだと……」

「あれはおれの金だ。あんたは手柄を立てた。たいした手柄だ。これで服部さんの株は大いにあがるはずだ。御奉行も手放しで褒められるだろう」

「そりゃまあ……」

「おれの力は借りなかったことにしていい」

「ほう。そりゃ気前のいいことを」

「だから金を返してもらおう」

「……そうだな。ありゃあおめえさんのものだからな。それじゃちゃんとお返ししよう」

洋之助は財布から金を抜いて、十内の掌に小粒を置いていった。

「利子がつく」

「なに？」

洋之助が惚《ほう》けたような顔を向けてきた。

「利子だ。払えないならさっきのことを、他の町方にしゃべることになるかもしれねえ」

「おいおい、今度は脅しかよ」

「おれは本気だ。利子は二両」

「なにィ」

洋之助は眉間にしわを作った。

「利子が払えなきゃ、おれは何をしゃべるかわからぬ。それにおれのはたらきを少しは認めてもいいはずだ。あんたは最初、助をしてくれたら相応の礼はする。財布の金は倍にして返すといった。そうではないか」

洋之助は首を振って、

「早乙女ちゃんも隅に置けねえ男だ。まいったまいった」

と、あきらめたように一分銀八枚を、十内の掌に添え足した。

十内はギュッと金をにぎりしめると、袖のなかにたくし込んで、口の端に笑みを浮かべた。

「それじゃ金を運びましょう服部さん」

「はいはい。運びましょう」

緑堂にあずけていた金を自身番に運び入れると、又兵衛らを護送する助っ人として、当番方の平同心二人が小者を連れてやってきた。

洋之助は彼らにてきぱきと指図をすると、又兵衛らを表に連れだして大番屋に向かった。十内はその一行を黙って見送った。

「これで三河屋さんも少しは救われますな」

いつしか隣に立っていた自身番詰めの書役がいった。書役は自身番内で「親方、親方」と呼ばれているが、あまり貫禄のない男だった。

「……そうだな」

十内は気のない返事をして、遠ざかる洋之助たちを眺めていたが、一行はそのうち遠くの闇に溶け込むようにして見えなくなった。

「早乙女さん、いい月です。ごらんなさいませ」

書役にいわれて、十内は夜空をあおいだ。満月に近い月が浮かんでいた。

「名月までもうすぐです。そうなると、葉月も半ばとなりますな」

「そうか、もうそうなるのか……」

つぶやく十内は月日の流れの早さを、あらためて思い知った。

「さて、帰るか。親方、ご苦労だったな」

「いいえ」

書役はへいこら頭を下げて、自身番にはいっていった。

きびすを返した十内は、少し肌寒くなった風を受けながら、家路についた。何かうまいものを食いたいと思った。

そう思う矢先に、二人のじゃじゃ馬娘の顔が瞼の裏に浮かんだ。

（たまにはあの二人を誘って酒でも飲もうか……。それも悪くない）
十内はそうしようと思い決めて足を速めた。
道端の草むらから、心地よい秋虫の鳴き声が聞こえてきた。

この作品は書き下ろしです。

よろず屋稼業《やかぎょう》　早乙女十内《さおとめじゅうない》(四)

葉月《はづき》の危機《きき》

稲葉稔《いなばみのる》

平成24年12月10日　初版発行

発行人――石原正康
編集人――永島賞二
発行所――株式会社幻冬舎
〒151-0051東京都渋谷区千駄ヶ谷4-9-7
電話　03(5411)6222(営業)
　　　03(5411)6211(編集)
　　　振替00120-8-767643
印刷・製本―図書印刷株式会社
装丁者――高橋雅之

幻冬舎時代小説文庫

ISBN978-4-344-41951-3　C0193　い-34-7

幻冬舎ホームページアドレス　http://www.gentosha.co.jp/
この本に関するご意見・ご感想をメールでお寄せいただく場合は、
comment@gentosha.co.jpまで。